PAULO COELHO s-a născut la Rio de Janeiro în 1947. Este unul dintre cei mai de succes romancieri ai lumii, cărțile sale traduse în 80 de limbi și editate în peste 170 de țări atingând, până în prezent, vânzări de peste 175 de milioane de exemplare în întreaga lume, iar în România, de peste un milion de exemplare. Înainte să devină un adevărat fenomen literar, a fost un hippie rebel, apoi autor dramatic, director de teatru, jurnalist, poet. În 1986 face pelerinajul la Santiago de Compostela, eveniment care i-a marcat viața și cariera. Deși profund atașat de Brazilia natală, romanele lui dezvoltă drame universale, ceea ce explică primirea entuziastă de care se bucură pe toate meridianele. Paulo Coelho este scriitorul cu cea mai mare comunitate online, având peste 30 de milioane de fani pe rețelele de socializare. În 2009, a intrat în Guinness Book drept autorul celei mai traduse cărți (romanul *Alchimistul*).

I s-au decernat numeroase premii (printre care premiul german Bambi 2001, acordat personalității culturale a anului, premiul italian Fregene pentru literatură) și importante distincții (Cavaler al Legiunii de Onoare, Franța, 1999; Comandor al Ordinului Rio Branco, Brazilia, 1998 etc.). Este membru al Academiei Braziliene de Litere din 2002.

Cărți traduse în română: *Jurnalul unui mag* (1987); *Alchimistul* (1988); *Brida* (1990); *Walkiriile* (1992); *La râul Piedra am șezut și-am plâns* (1994); *Al cincilea munte* (1996); *Manualul războinicului luminii* (1997); *Veronika se hotărăște să moară* (1998); *Diavolul și domnișoara Prym* (2000); *Unsprezece minute* (2003); *Zahir* (2005); *Vrăjitoarea din Portobello* (2006); *Învingătorul este întotdeauna singur* (2008); *Aleph* (2010); *Manuscrisul găsit la Accra* (2012); *Adulter* (2014).

PAULO COELHO

Walkiriile

Traducere din portugheză de
GABRIELA BANU

HUMANITAS
fiction

Redactor: Raluca Popescu
Coperta: Angela Rotaru
Tehnoredactor: Manuela Măxineanu
Corector: Andreea Stănescu
DTP: Florina Vasiliu, Carmen Petrescu

Tipărit la Proeditură și Tipografie

PAULO COELHO
AS VALKÍRIAS

ISBN 978-606-779-008-5
Descrierea CIP este disponibilă
la Biblioteca Națională a României.

EDITURA HUMANITAS FICTION
Piața Presei Libere 1, 013701 București, România
tel. 021 408 83 50, fax 021 408 83 51
www.humanitas.ro

Comenzi online: www.libhumanitas.ro
Comenzi prin e-mail: vanzari@libhumanitas.ro
Comenzi telefonice: 0372 743 382, 0723 684 194

Numelui care s-a scris la 12 octombrie 1988
la Glorieta Canyon

O, Marie, zămislită fără de păcat, roagă-te pentru noi, păcătoșii care venim la tine. Amin.

Și iată îngerul Domnului a stătut lângă ei
și slava Domnului a strălucit împrejurul lor.
Luca 2: 9

Prolog

J. și cu mine ne-am întâlnit pe plaja Copacabana, în Rio de Janeiro, ca să luăm prânzul. Cu toată bucuria și entuziasmul unui scriitor care-și publica a doua carte, i-am dat un exemplar din *Alchimistul*. I-am explicat că volumul îi era dedicat, că acesta era felul meu de a-i mulțumi pentru tot ce învățasem de-a lungul celor șase ani de când ne cunoscuserăm îndeaproape.

După două zile, l-am condus la aeroport. El citise deja o parte din original, și mi-a atras atenția cu o frază: „Tot ce se întâmplă o dată e posibil să nu se mai întâmple. Dar tot ce se întâmplă de două ori se va petrece sigur și a treia oară". L-am întrebat ce vrea să spună cu asta. Mi-a explicat că eu avusesem deja două ocazii să-mi trăiesc visul, și că aveam să-l distrug. Și mi-a citat un fragment dintr-un poem de Oscar Wilde:

Cu toții ucidem ce ni-i drag
Și-ntindem morții prada;

Omoară unii măgulind,
Ori cu dojeni, cu sfada:
Cei lași ucid cu sărutări
*Iar cei viteji, cu spada.**

L-am întrebat ce voia să spună cu asta. J. mi-a sugerat să fac „Exercițiile spirituale" ale Sfântului Ignațiu de Loyola într-un loc izolat, pentru că succesul îi umple pe oameni de bucurie și de vinovăție în același timp, iar eu trebuia să fiu pregătit pentru ce avea să mi se întâmple de acum înainte.

Atunci eu i-am spus că unul dintre visele mele era să petrec patruzeci de zile într-un deșert, iar lui i s-a părut o idee excelentă. Mi-a sugerat să aleg Mojave, din Statele Unite, unde cunoștea pe cineva care mă putea ajuta să accept tot ce iubeam – munca mea.

Rezultatul acestei experiențe se află în *Walkiriile*. Întâmplările povestite între zilele de 5 septembrie și 17 octombrie 1988. Ordinea unor întâmplări e schimbată, și în două ocazii am folosit ficțiunea, astfel încât cititorul să poată înțelege mai bine chestiunile tratate – dar toate faptele esențiale sunt adevărate. Scrisoarea citată în epilogul cărții este înregistrată în Registrul Notarial de Titluri și Documente din Rio de Janeiro, cu numărul 478038.

---

* *Balada închisorii Reading*, în Oscar Wilde, Edgar Allan Poe, *Poeme alese*, ediție bilingvă, trad. de N. Porsenna, Vremea, 2001. (N. tr.)

Walkiriile

Conducea de vreo șase ore. Pentru a suta oară poate, o întrebă pe femeia de lângă el dacă acela era drumul cel bun.

Pentru a suta oară ea se uită pe hartă. Da, ăsta era drumul. Deși totul în jur era verde, cu un râu frumos curgând pe lângă șoseaua mărginită de copaci.

— Mai bine ne oprim la o benzinărie și întrebăm, spuse ea.

Și-au continuat drumul fără să mai vorbească, ascultau muzică veche la un post de radio. Chris știa că nu era nevoie să se oprească la benzinărie, pentru că mergeau în direcția cea bună – chiar dacă în fața ochilor li se așternea un peisaj complet diferit. Dar își cunoștea bine soțul – Paulo era încordat, neîncrezător, își spunea că ea citise greșit harta. S-ar liniști dacă ar întreba pe cineva.

— De ce am venit aici?

— Pentru ca eu să-mi pot îndeplini misiunea, răspunse el.

— Ciudată misiune, spuse ea.

Într-adevăr, foarte ciudată, gândi el.

Să stai de vorbă cu îngerul tău păzitor.

— O să stai de vorbă cu îngerul tău, spuse ea, după o vreme. Dar până atunci, ce-ar fi să vorbești puțin cu mine?

Însă el rămase tăcut, privind concentrat autostrada, gândind poate că ea greșise drumul. „Nu are rost să insist", își spuse ea. Se ruga să apară mai repede o benzinărie; plecaseră direct de la aeroportul din Los Angeles spre autostradă – îi era teamă ca nu cumva Paulo să fie prea obosit și să ațipească la volan.

Iar locul acela iluzoriu nu mai apărea odată.

„Trebuia să mă mărit cu un inginer", își zise în sinea ei.

Niciodată n-avea să se obișnuiască – să lase totul dintr-odată, s-o pornească în căutarea unor căi sacre, a unor spade, discuții cu îngerii, să facă tot posibilul ca să avanseze pe drumul magiei. „El a avut întotdeauna năravul de a lăsa totul baltă, neterminat, chiar înainte de a-l întâlni pe J."

Își aminti ziua în care au ieșit împreună pentru prima oară. Ajunseseră imediat în pat, iar într-o săptămână ea și-a adus planșeta în apartamentul lui. Prietenii comuni ziceau că Paulo era un vrăjitor, și într-o seară Chris i-a telefonat pastorului de la biserica protestantă pe care o frecventa ca să-i ceară să se roage pentru ea.

Dar în primul an el n-a pomenit niciodată de magie. Lucra la un studio de înregistrări și punct.

Și în anul următor viața a curs la fel. Numai că el și-a dat demisia și s-a angajat la altă casă de înregistrări.

În al treilea an, iar și-a dat demisia (năravul de a lăsa totul baltă!), și s-a hotărât să înceapă să scrie emisiuni pentru o televiziune. Ei i se părea totul foarte ciudat – să-ți schimbi serviciul în fiecare an – dar el scria, câștiga și trăiau bine.

Până ce, la sfârșitul celui de-al treilea an, iar s-a hotărât să plece de unde lucra. N-a dat nici o explicație, a spus doar că se săturase de ce făcea, nu folosea la nimic să-și tot dea demisia și să-și schimbe locul de muncă încontinuu. Trebuia să descopere ce voia. Strânseseră ceva bani și s-au hotărât să plece în lume.

„Într-o mașină, exact ca acum", gândi Chris.

Și s-au întâlnit cu J., la Amsterdam, când beau o cafea la Brower Hotel și priveau canalul Singel. Paulo s-a schimbat la față când l-a văzut, a devenit neliniștit și până la urmă și-a luat inima-n dinți și s-a dus la masa domnului aceluia înalt, cu părul alb și chipul blând. În noaptea aceea, după ce au rămas singuri, el a băut o sticlă întreagă de vin – nu ținea la băutură, s-a îmbătat imediat – și abia atunci i-a spus că de șapte ani se dedicase învățării magiei (dar ea aflase despre toate astea, îi povestiseră prietenii). După aceea, nu se știe de ce – deși ea îl întrebase de mai multe ori – se lăsase și de asta.

„Dar am avut o viziune cu omul acesta, acum două luni, la lagărul de concentrare de la Dachau", a spus el referindu-se la J. Ea și-a amintit repede de ziua aceea. Paulo a plâns mult, spunea că auzise o chemare, dar nu știa cum să răspundă.

„Trebuie să mă întorc la magie?" a întrebat el.

„Desigur", i-a răspuns ea, dar nu era deloc sigură de ce spunea.

După întâlnirea cu J., totul s-a schimbat. Au apărut ritualurile, exercițiile, practica magiei. Și lungile călătorii cu J., mereu fără o dată sigură de întoarcere. Sau întâlnirile nesfârșite cu bărbați ciudați și femei frumoase, toți înconjurați de o extraordinară aură de senzualitate. Apăruseră provocări și încercări, nopți lungi fără somn, sâmbete și duminici interminabile fără a ieși din casă. Dar Paulo era mult mai mulțumit – nu mai trăia dintr-o demisie în alta. Și-au făcut amândoi o mică editură, iar el a reușit să-și vadă un vechi vis împlinit – acela de a scrie cărți.

În sfârșit a apărut o benzinărie. O tânără cu trăsături de indiancă a venit să-i servească. Amândoi coborâseră din mașină ca să se dezmorțească puțin, în timp ce fata le făcea plinul.

Paulo a luat harta și a verificat ruta. Erau pe drumul cel bun.

„În sfârșit, s-a relaxat. O să vorbească iar cu mine", își spuse ea.

— J. ți-a cerut să te întâlnești cu îngerul *aici*? întrebă ea, cu multă grijă.

— Nu, i-a răspuns el.

„Ce bine, uite că mi-a răspuns", își spuse ea în timp ce privea vegetația strălucitoare. Soarele stătea să asfințească. Dacă n-ar fi privit de atâtea ori harta, și ea ar fi avut îndoieli cu privire la drum. Mai rămăseseră doar vreo zece kilometri până să ajungă, și peisajul acela părea să spună că încă erau departe, foarte departe.

— J. n-a spus că trebuie să vin aici, continuă Paulo. Locul nu contează, oricare e bun. Dar aici am eu un contact, înțelegi?

Sigur, înțelegea. Paulo avea mereu contacte. Asta însemna persoane membre ale Tradiției; dar, când scria în jurnalul ei, o numea „Conspirația". Erau mult mai mulți vrăjitori și șamani decât își închipuia lumea.

— E cineva care vorbește cu îngerii?

— Nu știu sigur. Odată, J. s-a referit – foarte pe departe – la un maestru din Tradiție care stă pe aici și care știa cum să vorbească cu îngerii. Dar poate fi doar un zvon.

O fi vorbit serios. Deși Chris știa că el putea alege un loc, unul dintre multele locuri unde el avea „contacte". Un loc unde să fie departe de viața cotidiană și să se poată concentra asupra Extraordinarului.

— Și cum o să vorbești cu îngerul tău?

— Nu știu.

„Ce viață ciudată", se gândi ea. Se uită lung după soțul ei, pe când acesta se îndrepta spre indiancă pentru a-i plăti. Nu știa decât că trebuie să vorbească cu îngerii, și basta! Să lase totul baltă, să ia avionul, să călătorească douăsprezece ore până la Los Angeles, să conducă mașina șase ore până la benzinăria aia, să se înarmeze cu destulă răbdare pentru a rămâne acolo patruzeci de zile, și toate astea pentru a conversa – sau a încerca să converseze – cu îngerul păzitor!

El se întoarse râzând spre ea și ea îi răspunse cu un zâmbet. La urma urmelor, nu era chiar așa de rău. Erau lucruri plicticoase de zi cu zi, trebuia să facă plăți, să deconteze cecuri, să facă vizite de curtoazie, să înghită tot felul de neplăceri.

Dar încă mai credeau în îngeri.

— O să reușim, spuse ea.

— Mulțumesc pentru „reușim", răspunse el. Dar aici eu sunt magul.

Fata de la benzinărie le spusese că erau pe drumul cel bun. Au mai mers vreo zece minute, de data asta cu radioul închis. Urma un delușor, dar numai când au ajuns în vârf – și au văzut peisajul de jos – și-au dat seama cât de sus se aflau. De șase ore tot urcaseră încet, fără să-și dea seama.

Dar ajunseseră.

El a tras mașina pe dreapta și a oprit motorul. Ea a mai privit o dată în urmă, ca să se convingă: da, se vedeau copaci verzi, plante, vegetație de tot felul.

Iar în față, cât vedeai cu ochii, se întindea Mojave. Uriașul deșert care se întindea peste cinci state americane și intra în Mexic, deșertul pe care ea-l văzuse de atâtea ori în filmele cu cowboy când era mică, deșertul care avea locuri cu nume ciudate, cum ar fi Pădurea Curcubeului sau Valea Morții.

„E roz", își zise Chris. Dar nu vorbi cu voce tare. El privea fix imensitatea aceea, încercând poate să descopere unde locuiau îngerii.

Cine se oprește în piațeta principală poate vedea de unde începe și unde se termină Borrego Springs. Orășelul avea trei hoteluri. Iarna, turiștii veneau aici să-și amintească de soare.

Și-au lăsat bagajele în cameră și s-au dus să cineze la un restaurant cu mâncare mexicană. Chelnerul care i-a servit a rămas în apropiere multă vreme, încercând să înțeleagă ce limbă vorbeau și, cum n-a reușit, până la urmă i-a întrebat direct. Aflând că veneau din Brazilia, le-a spus că nu cunoscuse niciodată vreun brazilian.

— Și acum cunosc doi, râse el.

Probabil că a doua zi tot orașul avea să afle. Nu prea erau multe noutăți în Borrego Springs.

Au terminat masa și au ieșit să se plimbe, de mână, prin împrejurimile orașului. El voia să pună piciorul în deșert, să simtă deșertul, să respire aerul din Mojave. S-au ascuns pe după pietrele și stâncile care erau peste tot; după o jumătate de oră de mers, puteau privi spre răsărit și vedeau în depărtare puținele luminițe ale orașului Borrego Springs.

De aici se putea admira mai bine cerul. S-au așezat jos și au început să privească bolta, punându-și câte o dorință la fiecare stea căzătoare. Nu era lună, iar constelațiile străluceau.

— Ai avut vreodată senzația, în anumite momente ale vieții, că cineva te ține sub observație? întrebă Paulo.

— De unde știi?

Știu. Sunt clipe în care, fără să ne dăm seama, simțim prezența îngerilor.

Chris își aminti de adolescență. Mai ales atunci senzația aceasta era foarte puternică.

— În asemenea momente, continuă el, începem să creăm un fel de film în care suntem personaje principale și acționăm cu siguranța că ne veghează cineva. Dar, pe măsură ce creștem, începe să ni se pară ridicol. Ca visul unui copil care vrea să devină vedetă de cinema. Uităm că, în momentele acelea în care jucam pentru un public invizibil, senzația că suntem văzuți era foarte puternică.

Tăcu pentru o clipă.

— Când privesc cerul, de multe ori această senzație revine, mereu însoțită de întrebarea: cine ne veghează?

— Ei bine, cine ne veghează? întrebă și ea.

— Îngerii. Trimișii lui Dumnezeu.

Ea rămase cu privirea ațintită spre cer. Voia să creadă acele lucruri.

— Toate religiile și toți oamenii care au văzut deja Extraordinarul vorbesc despre îngeri, continuă Paulo. Universul este populat de îngeri. Ei sunt cei care ne aduc speranța, asemenea aceluia care i-a vestit pe păstori că se născuse Mesia. Aduc și moartea, precum îngerul exterminator, care a umblat prin Egipt și a omorât pruncii din casele care nu aveau semn la poartă. Ei sunt cei care ne pot împiedica să intrăm în Paradis, cu o sabie de foc în mână. Sau ne pot chema să intrăm, cum a făcut un înger cu Maria. Îngerii deschid pecețile cărții interzise, suflând în trâmbițe la Judecata de Apoi. Aduc lumina, ca Mihail, sau întunericul, ca Lucifer.

Chris își făcu curaj și întrebă:

— Au aripi?

— Eu încă n-am văzut un înger, răspunse el. Dar și eu am vrut să știu. Și l-am întrebat pe J.

„Ce bine", gândi ea. Nu era singura care voia să afle lucruri simple despre îngeri.

— J. mi-a spus că ei iau forma pe care oamenii și-o închipuie. Pentru că sunt gândul viu al lui Dumnezeu și trebuie să se adapteze la înțelepciunea și la înțelegerea noastră. Ei știu că noi nu reușim să-i vedem dacă nu acționează astfel.

Paulo închise ochii.

— Gândește-te la îngerul tău și-i vei simți prezența chiar acum, conchise el.

Au rămas tăcuți, tolăniți în nisipul deșertului. Nu puteau auzi nici un zgomot, iar Chris a început să se simtă din nou ca în filmul din adolescență, în care juca pentru un public invizibil. Cu cât se concentra mai mult, cu atât era mai sigură că în jurul ei se află o prezență puternică, prietenoasă și generoasă. A început să-și închipuie îngerul, l-a îmbrăcat exact cum văzuse în icoanele din copilărie; haine albastre, păr auriu și aripi uriașe, albe.

Și Paulo își închipuia îngerul. Se cufundase de multe ori în lumea invizibilă care îl înconjura, și asta nu mai era o noutate pentru el. Dar acum, după ce J. îi dăduse o sarcină, simțea că îngerul lui era mult mai prezent – ca și cum îngerii și-ar fi făcut simțită prezența doar acelora care credeau în existența lor. Cu toate astea, în pofida faptului că omul crede sau nu crede, ei sunt totdeauna aici – soli ai vieții, ai morții, ai infernului și ai paradisului.

Îi puse îngerului o mantie lungă brodată cu fir de aur și, de asemenea, aripi.

Paznicul care își bea cafeaua de dimineață la masa de alături se întoarse spre ei.

— Să nu vă mai duceți noaptea în deșert, spuse el.

„Se vede că orașul ăsta e tare mic", gândi Chris. „Toată lumea știe tot."

— Noaptea e cel mai periculos, continuă paznicul. Ies coioții, șerpii. Nu suportă căldura din timpul zilei, așa că ies la vânătoare după apusul soarelui.

— Ne-am privit îngerii, îi răspunse Paulo.

Paznicul își zise că bărbatul nu prea știa englezește. Vorbele lui nu aveau nici o noimă: „îngeri"! O fi vrut să spună altceva.

Amândoi au băut cafeaua în grabă. „Contactul" fixase întâlnirea foarte devreme.

Chris a fost foarte surprinsă când l-a văzut pe Took prima oară – era un flăcăiandru, nu putea avea mai mult de douăzeci de ani. Stătea într-o rulotă în plin deșert, la câțiva kilometri de Borrego Springs.

— „Maestru" al Conspirației? îi spuse ea încet lui Paulo după ce băiatul a intrat ca să-și ia un ceai cu gheață.

Dar tânărul s-a întors înainte ca el să poată răspunde. S-au așezat sub o pânză de cort ce închipuia umbra unei „terase".

Au vorbit despre ritualurile templierilor, despre reîncarnare, despre sufism, despre metodele Bisericii Catolice în America Latină. Puștiul părea să aibă o cultură vastă și era amuzant să le urmărești conversația – parcă vorbeau despre cine știe ce sport foarte popular, susținând o tactică și atacând-o pe cealaltă.

Au vorbit despre toate – mai puțin despre îngeri.

Soarele a început să ardă, au mai băut un pahar de ceai în timp ce Took, surâzător, povestea lucruri minunate din viața deșertului – atrăgându-le însă atenția că începătorii nu trebuie să iasă noaptea (paznicul avusese dreptate). Și, de asemenea, trebuiau să evite orele cele mai fierbinți ale zilei.

— Un deșert e făcut din dimineți și după-amiezi, povesti el. Restul e primejdios.

Chris a urmărit discuția multă vreme. Dar se trezise foarte devreme, strălucirea soarelui era din ce în ce mai puternică, așa că s-a hotărât să închidă puțin ochii și să ațipească.

Când s-a trezit, vocile nu mai veneau din același loc. Cei doi bărbați se duseseră în spatele rulotei.

— De ce ți-ai adus și nevasta? îl auzi pe Took spunând încet.

— Pentru că a venit să vadă deșertul, răspunse Paulo, tot încet.

Took râse.

— Ai pierdut partea cea mai frumoasă a deșertului. Solitudinea.

(„Ce puștan obraznic", își spuse Chris).

— Vorbește-mi despre ele, zise Paulo.

— Ele te vor ajuta să-ți vezi îngerul, continuă americanul.

(„Alte femei. Mereu e așa, alte femei!")

— Ele m-au învățat, urmă tânărul. Dar Walkiriile sunt geloase și dure. Încearcă să urmeze legile îngerilor – și știi cum e, în împărăția îngerilor nu există nici Bine, nici Rău.

— Nu în felul în care înțelegem noi.

Era vocea lui Paulo. Chris nu știa ce înseamnă „Walkirii". Își aducea vag aminte că auzise numele ăsta ca titlu al unei bucăți muzicale.

— Ți-a fost greu să-l vezi pe înger?

— Mai exact ar fi să spui că am „suferit". S-a întâmplat dintr-odată, când au trecut Walkiriile pe aici. M-am hotărât să învăț procesul doar ca să-mi omor timpul, fiindcă pe atunci încă nu înțelegeam limba deșertului și totul mi se părea foarte plictisitor.

Îngerul meu a apărut acolo, pe al treilea munte. Eu nu eram atent, ascultam muzică la un walkman. Pe atunci stăpâneam foarte bine cea de-a doua minte. Acum sunt mai distrat.

(„Ce dracu' o fi «a doua minte»?")

— Tatăl tău te-a învățat ceva?

— Nu. Și când l-am întrebat de ce nu-mi vorbește despre îngeri, mi-a răspuns că unele lucruri sunt atât de importante, încât omul trebuie să le descopere singur.

Au tăcut amândoi.

— Dacă îi întâlnești, este ceva ce o să-ți ușureze contactul, spuse băiatul.

— Ce?

Took izbucni în râs.

— O să afli. Dar ar fi fost mult mai bine dacă nu veneai cu nevasta.

— Îngerul tău avea aripi? întrebă Paulo.

Înainte ca Took să răspundă, Chris se ridicase din scaunul de aluminiu. Dădu ocol rulotei și ieși înaintea celor doi.

— Ce tot bate apa-n piuă cu povestea asta, că era mai bine să fii singur? spuse în portugheză. Vrea să plec?

Took și-a continuat discuția cu Paulo, fără a-i da nici cea mai mică atenție femeii. Ea așteptă să vadă dacă Paulo îi răspundea – dar parcă devenise invizibilă.

— Dă-mi cheile mașinii, spuse, pierzându-și răbdarea.

— Ce dorește soția ta? întrebă Took într-un târziu.

— Vrea să știe ce înseamnă „a doua minte".

(„Blestematul! Nouă ani împreună, și a aflat deja și ce lapte am supt!")

Băiatul s-a ridicat.

— Numele meu e Took (*primit*, în engleză), spuse privind-o. Nu e Gave (*dat*). Dar dumneata ești o femeie frumoasă.

Complimentul și-a făcut imediat efectul. Puștiul părea că știe să se poarte cu femeile, în ciuda vârstei fragede.

— Așază-te și închide ochii, o să-ți arăt, spuse el.

— N-am venit în deșert ca să învăț magia sau să vorbesc cu îngerii, zise Chris. Am venit ca să fiu alături de soțul meu.

— Așază-te, insistă Took, râzând.

Ea aruncă o privire iute spre Paulo. Nu reuși să descopere ce credea el despre propunerea lui Took.

„Le respect lumea, dar nu este a mea", gândi. Deși toți prietenii credeau că adoptase stilul de viață al soțului, de fapt ei doi vorbeau foarte puțin despre asta. Obișnuia să-l însoțească în unele locuri, îi dusese odată spada la o ceremonie, știa Drumul spre Santiago* și învățase – prin forța împrejurărilor – o bucată din magia sexuală! Dar asta era tot.

J. nu propusese niciodată să i se predea vreo lecție.

— Ce să fac? îl întrebă pe Paulo.

— Ce vrei tu, îi răspunse el.

„Îl iubesc", gândi ea. Dacă învăța ceva despre lumea lui, cu siguranță că s-ar fi apropiat mai mult de el. Se îndreptă spre scaunul de aluminiu, se așeză și închise ochii.

— La ce te gândești? o întrebă Took.

— La ce vorbeați voi. La Paulo călătorind singur. Dacă îngerul lui o avea aripi. Și de ce m-o fi interesând pe mine asta. Și până la urmă, cred că niciodată n-am vorbit despre îngeri.

— Nu, nu. Vreau să știu dacă există altceva în mintea ta. Ceva ce nu poți controla.

Ea simți cum mâinile lui îi atingeau tâmplele.

— Relaxează-te, relaxează-te – tonul vocii lui era acum mai blând. La ce te gândești?

Auzea sunete. Și voci. Abia acum își dădu seama la ce se gândea, deși toată ziua nu-și luase gândul de la acel lucru.

---

* Participarea lui Chris la Drumul spre Santiago este descrisă în *Jurnalul unui Mag*. (N. ed. orig.)

— La o melodie, răspunse. O cânt încontinuu de când am ascultat-o ieri la radio, când eram pe drum încoace.

Da, cântase melodia fără încetare, începea și o termina, o termina și iar o lua de la capăt. Nu-i putea ieși din cap.

Took îi ceru să deschidă ochii.

— Asta-i a doua minte, spuse el. Faptul că tot cânți o melodie, ceva. Putea fi oricare altă preocupare. Sau, dacă erai îndrăgostită, îl puteai avea acolo *înăuntru* pe omul cu care ți-ar fi plăcut să fii sau pe care ai fi vrut să-l uiți. Dar a doua minte nu e lucru simplu: lucrează independent de voința dumitale.

Se întoarse apoi spre Paulo și râse.

— O melodie! Ca toată lumea care și-a umplut a doua minte cu muzică! Femeile ar trebui să fie mereu îndrăgostite, nu cu melodii în cap! N-ai avut niciodată vreo dragoste închisă în cea de-a doua minte?

Amândoi râdeau cu poftă.

— Sunt cele mai rele iubiri, îngrozitoare! continuă Took, fără a reuși să-și stăpânească râsul. Călătorești, încerci să uiți tot, dar a doua minte îți spune tot timpul: „Ce i-ar fi plăcut și lui asta!", „Of! Ce bine ar fi fost dacă era și el aici!"

Amândoi se stricau de râs. Chris n-a gustat gluma. Era mirată – nu se gândise niciodată la asta.

Avea două minți. Care funcționau în același timp.

Took se oprise din râs și acum se afla lângă ea.

— Mai închide o dată ochii, spuse el. Și amintește-ți orizontul pe care l-ai admirat.

Ea încercă să și-l imagineze. Dar își dădu seama că nu privise orizontul.

— Nu pot, spuse, cu ochii închiși. N-am fost prea atentă. Știu tot ce se află în jurul meu, dar nu-mi amintesc orizontul.

— Deschide ochii. Privește.

Chris privi. Erau munți, stânci, pietre, o vegetație pitică și rară. Și un soare care strălucea din ce în ce mai tare și părea că trece prin ochelarii ei negri și-i arde ochii.

— Ești aici, spuse Took foarte serios. Încearcă să înțelegi că ești aici și că lucrurile care te înconjoară te-au transformat tot așa cum le-ai transformat dumneata pe ele.

Chris privea deșertul.

— Ca să pătrunzi în lumea invizibilă și să-ți dezvolți puterile trebuie să trăiești în prezent, *aici și acum*. Iar ca să trăiești în prezent trebuie să controlezi a doua minte. Și să privești orizontul.

Took îi ceru să se concentreze asupra melodiei pe care o fredonase fără să-și dea seama (era *When I Fall in Love*. Nu știa toate versurile, dar mai pusese de la ea cuvinte sau tra-la-la-uri).

Chris se concentră. În scurt timp, melodia amuți. Acum era alertă, atentă la ce îi spune Took.

Dar el părea să nu mai aibă nimic de spus.

— Trebuie să rămân singur acum. Mai veniți peste două zile.

S-au închis în camera cu aer condiționat a motelului, fără chef să înfrunte cele 50 de grade din miezul zilei. Nici o carte, nimic interesant. Făcându-și siesta, încercând în zadar să ațipească.

— Hai să facem cunoștință cu deșertul, spuse Paulo.

— E caniculă. Took a spus că e periculos. S-o lăsăm pe mâine-dimineață.

Paulo n-a răspuns. Era sigură că el încerca să transforme faptul că stătea încuiat în camera de motel într-un fel de ucenicie. Încerca să dea sens oricărui lucru care i se întâmpla, și nu vorbea decât ca să se mai descarce.

Dar era imposibil; să vrei să dai sens oricărui lucru însemna să fii atent și încordat tot timpul. Paulo nu se relaxa nici o clipă, iar ea se întreba când avea să se sature de toate astea.

— Cine e Took?

— Tatăl lui este un mag foarte puternic care vrea să mențină tradiția în familie – așa cum tații ingineri vor ca fiii lor să urmeze aceeași carieră.

— E tânăr și vrea să se poarte ca un bătrân. Își pierde cei mai frumoși ani din viață în deșert.

— Totul are un preț în viață. Dacă Took va trece de toate astea și nu va abandona Tradiția, o să fie primul dintr-o serie de maeștri mai tineri, integrați într-o lume a bătrânilor, pe care aceștia, deși o înțeleg, nu sunt în stare să o explice.

Paulo se întinse și se apucă să citească singurul lucru pe care-l avea la îndemână: *Ghid de cazare în deșertul Mojave*. Nu voia să-i zică soției că, pe lângă ceea ce-i spusese, mai era un motiv pentru care Took se afla acolo: avea puteri paranormale extraordinare, era pregătit de Tradiție să acționeze atunci când se vor deschide porțile Paradisului.

Chris avea chef de vorbă. Era neliniștită, se simțea prinsă ca în capcană într-o cameră de motel, hotărâtă să nu „dea un sens oricărui lucru" așa cum făcea soțul ei. Ea era o ființă omenească, nu venise aici să aspire la un loc în comunitatea aleșilor.

— N-am înțeles ce m-a învățat Took, stărui ea pe lângă Paulo. Singurătatea și deșertul ne ajută să intrăm în contact deplin cu lumea invizibilă. Dar cred că asta ne face să pierdem legătura dintre noi, oamenii.

— Trebuie că are el iubitele lui pe aici, răspunse Paulo, amintindu-și de „magia și femeile" maestrului lui și căutând să pună capăt discuției.

„Dacă trebuie să mai petrec încă 39 de zile încuiată cu el aici, mă sinucid", își spuse Chris.

După-amiază s-au dus la o cafenea, vizavi de motel. Paulo a ales o masă la fereastră.

— Vreau să fii foarte atentă la oamenii care trec, îi spuse el.

Au cerut niște înghețate enorme. Ea fusese ore întregi atentă la cea de-a doua minte , și acum reușea s-o controleze mult mai bine. Dar apetitul ei scăpa oricărui control.

Acum însă se supuse cererii lui Paulo. Într-o jumătate de oră numai cinci persoane trecuseră prin fața ferestrei.

— Ce-ai văzut?

Ea descrise oamenii în amănunt – haine, vârstă, ce duceau în mână. Dar se pare că nu asta îl interesa. I-a pus fel de fel de întrebări, a încercat să scoată de la ea un răspuns mai complet, dar n-a reușit.

— Bine, a spus el într-un târziu, dându-se bătut. O să-ți spun la ce voiam eu să te uiți: toți cei care au trecut pe stradă priveau în jos.

Au mai stat puțin ca să mai vadă pe cineva trecând. Paulo avea dreptate.

— Took ți-a cerut să privești orizontul. Fă-o!

— Ce vrea să însemne asta?

— Noi toți, oameni și animale, creăm în jurul nostru un fel de „spațiu magic". În general e un cerc cu diametrul de cinci metri, în care suntem atenți la tot ce se petrece. Indiferent dacă sunt oameni, mese, telefoane sau vitrine: încercăm să ne menținem controlul asupra acestei lumi mititele pe care am creat-o noi înșine.

Însă magii privesc mai departe. Măresc acest „spațiu magic" și încearcă să țină sub control mult mai multe lucruri. Asta se cheamă *a privi orizontul*.

— Dar eu de ce trebuie să fac asta?

— Pentru că te afli aici. Ascultă-mă și vei vedea cum se schimbă lucrurile.

La ieșirea din cafenea, Chris a început să fie atentă la lucrurile aflate la distanță. Văzu munții, câte un nor care se forma pe cerul de asfințit și, lucru foarte ciudat, aerul din jurul ei.

— Tot ce ți-a spus Took e important, spuse el. El și-a văzut deja îngerul și a stat de vorbă cu el, așa că te va folosi pe tine pentru a mă învăța. În plus, cunoaște puterea cuvintelor; știe că sfaturile care nu sunt urmate se întorc la cel care le-a dat și-și pierd energia. El trebuie să fie sigur că ești interesată de ce ți-a spus.

— Dar de ce nu te învață direct pe tine?

— Fiindcă există o regulă nescrisă a Tradiției: un maestru nu-l învață niciodată pe discipolul altui maestru. Eu sunt discipolul lui J. Dar Took vrea să mă ajute. Pentru asta te-a ales pe tine.

— Ăsta e motivul pentru care m-ai adus aici?

— Nu. Pentru că îmi era frică să vin singur în deșert.

„Ar fi putut să-mi spună că din dragoste", se gândi ea, pe când se plimbau prin oraș. Ar fi fost un răspuns sincer.

Au oprit mașina la marginea drumului prăfos. Took îi spusese să privească mereu orizontul. Trecuseră cele două zile, aveau să-l întâlnească în noaptea aceea – iar ea era emoționată.

Deocamdată însă era dimineață. Iar zilele în deșert sunt lungi.

Mai privi o dată orizontul: munți ce apăruseră dintr-odată, acum câteva milioane de ani, și care formau un lanț lung străbătând deșertul. Deși cutremurele din care se născuseră se petrecuseră cu atâta timp în urmă, se putea vedea până azi cum fusese solul sfâșiat: pământul urca, drept, o vreme, până spre munți și deodată, la o oarecare înălțime, se deschidea un fel de rană și dinăuntrul ei răsăreau stânci care se proiectau pe cer.

Între munți și mașina lor era un fel de vale pietroasă cu o vegetație târâtoare, cu ciulini, yuca sau cactuși, viața ce se încăpățâna să apară într-un loc care nu o dorea. O pată imensă, albă, de mărimea a cinci stadioane de fotbal, se desena net în mijlocul acelui peisaj. Strălucea în soarele de dimineață, parcă era o câmpie ninsă.

— Sare. Un lac de sare.

Da. Și deșertul acela fusese cândva o mare. O dată pe an, pescărușii din Pacific călătoreau sute de kilometri în interiorul continentului ca să vină în deșert și să mănânce un fel de creveți care apăreau când veneau ploile. Omul uită de unde vine; natura, niciodată.

— Să tot fie vreo cinci kilometri, spuse Chris.

Paulo se uită la ceas. Era încă devreme. Priveau orizontul, iar orizontul le arăta un lac de sare. O oră de mers la dus, alta la întors, fără riscul unui soare prea puternic.

Amândoi și-au legat la centură un bidon de apă. Paulo și-a luat țigări și o Biblie într-un rucsac mic. Când vor ajunge acolo o să propună să citească, poate, vreun fragment.

Au pornit la drum. Chris reușea, în bună măsură, să privească orizontul. Într-adevăr, lucrul acesta era foarte simplu, dar se întâmpla ceva straniu; se simțea mai mare, mai liberă, parcă îi crescuse energia interioară. Pentru prima oară după mulți ani s-a căit că nu se interesase mai mult de „conspirația" lui Paulo – întotdeauna își închipuise ritualuri mult prea complicate, pe care numai cei inițiați și foarte disciplinați reușeau să le ducă la bun sfârșit.

Au mers fără grabă, vreo jumătate de oră. Lacul părea că se mută din loc; rămânea mereu la aceeași distanță.

Au mai mers o oră. Trebuie că făcuseră deja vreo șapte kilometri, iar lacul era doar „un pic" mai aproape.

Paulo privi în urmă. Puteau vedea mașina – un punct mititel, roșu – dar încă vizibil, imposibil să se piardă. Dar când s-a uitat la mașină, și-a dat seama de un lucru foarte important.

— Hai s-o luăm încolo, spuse el.

S-au abătut puțin din drum, și au ajuns lângă o stâncă. S-au așezat aproape lipiți de ea: nu făcea aproape deloc umbră. În tot deșertul, umbrele apăreau pe lângă stânci numai dimineața devreme sau seara.

— Am greșit calculele, spuse el.

Chris își dăduse seama de asta. I s-a părut ciudat, pentru că Paulo era obișnuit să calculeze distanțe, iar ea se baza pe cei cinci kilometri pe care-i prevăzuse.

— Știu de ce am greșit, continuă el. Fiindcă în deșert nu avem termen de comparație. Noi suntem obișnuiți să calculăm distanțele după mărimea lucrurilor. Știm mărimea aproximativă a unui copac. Sau a unei case. Asta ne ajută să vedem dacă lucrurile sunt departe sau aproape.

Aici nu aveau nici un punct de referință. Erau pietre pe care nu le văzuseră niciodată, munți a căror înălțime n-o cunoșteau și vegetația pitică de pe sol. Paulo își înțelesese greșeala uitându-se la mașină. Știa cât de mare era mașina. Așa că acum își dăduse seama că merseseră mai mult de șapte kilometri.

— Să ne odihnim puțin și să ne întoarcem.

„Asta a fost", gândi ea. Era fascinată de felul în care privea acum orizontul. Era o experiență absolut nouă în viața ei.

— Chestia asta cu privitul, Paulo...

El așteptă să continue. Știa că îi era frică să nu spună vreo prostie, să nu inventeze vreo semnificație esoterică – așa cum făceau mulți dintre cei interesați de ocultism.

— Parcă... nu știu să-ți explic... parcă mi-a crescut sufletul.

Da, își spuse Paulo. Suntem pe drumul cel bun.

— Mai înainte priveam în depărtare și totul era chiar departe, înțelegi? Se vedea că nu face parte din lumea mea. Fiindcă întotdeauna priveam lângă mine, la lucrurile care mă înconjurau. Până acum două zile, când am început să mă obișnuiesc să privesc în zare. Atunci mi-am dat seama că în afară de mese, scaune, obiecte, lumea mea cuprindea și munți, nori, cer. Iar sufletul – sufletul meu pare că-mi folosește ochii ca să atingă lucrurile astea!

„Ah! Ce bine i-a ieșit explicația!" își zise Paulo.

— Parcă mi-a crescut sufletul, insistă Chris.

El deschise rucsacul și scoase pachetul de țigări, apoi își aprinse una.

— Oricine poate vedea asta. Dar întotdeauna privim aproape de noi, în jos și în interior. Și atunci, folosind propriile tale cuvinte, putem să ne micșorăm, iar sufletul nostru se strânge. Pentru că el n-a inclus nimic în afară de noi înșine. N-a cuprins mările, munții, alți oameni, nici măcar pereții caselor în care trăim.

Lui Paulo îi plăcuse expresia „mi-a crescut sufletul". Dacă ar fi vorbit cu un ocultist, în mod sigur ar fi auzit explicații mult mai sofisticate, ca de pildă „mi s-a expandat conștiința". Dar termenii folosiți de soția lui erau mult mai exacți.

Țigara se terminase. Nu merita să mai insiste să meargă până la lac; în curând temperatura avea să ajungă iar la 50 de grade la umbră. Mașina era departe, dar vizibilă și, într-o oră și jumătate de mers, aveau să ajungă la ea.

Au plecat pe drumul de întoarcere. Erau înconjurați de deșert, de zările imense, iar senzația de libertate creștea în sufletele amândurora.

— Hai să ne dezbrăcăm, spuse Paulo.

— Poate ne vede cineva, o luă pe ea gura pe dinainte.

Paulo râse. Vedeau totul de jur împrejur. Cu o zi în urmă, când se plimbaseră, și dimineața și seara, nu trecuseră decât două mașini, dar atunci auziseră zgomotul cu mult înainte de a apărea vehiculele. Deșertul însemna soare, vânt și liniște.

— Numai îngerii ne privesc, îi răspunse el. Și ne-au văzut goi de multe ori până acum.

Își scoase bermudele, tricoul, centura cu bidonul și le puse pe toate în rucsac.

Chris își stăpâni râsul. Făcu același lucru, și în scurt timp prin deșertul Mojave mergeau un bărbat și o femeie cu teniși, șepci și ochelari de soare – bărbatul ducând un rucsac. Dacă i-ar fi văzut cineva, i s-ar fi părut foarte comic.

Au mers așa vreo jumătate de oră. Mașina era un punct la orizont, dar, spre deosebire de lac, creștea pe măsură ce se apropiau. Mai aveau puțin și ajungeau acolo.

Numai că, dintr-odată, pe ea a apucat-o o sfârșeală, ca o lene nemaipomenită.

— Stai să ne odihnim puțin, i-a cerut ea.

Paulo s-a oprit imediat.

— Nu mai pot să duc asta, s-a plâns și el. Sunt obosit.

Cum adică nu mai poate? Rucsacul, cu cele două bidonașe de apă cu tot, nu cântărea mai mult de trei kilograme.

— Păi trebuie să-l duci. Avem apa înăuntru.

Da, trebuia să-l ducă.

— Atunci hai să mergem, nu mai sta, zise el, indispus.

„Era totul așa de romantic acum câteva minute", își spuse ea. Iar acum, el e așa de prost-dispus. N-o să-l bage în seamă, îi era lene.

Au mai mers un pic, dar sfârșeala creștea. Dar dacă ar fi fost după ea, n-ar fi spus nimic – nu voia să-l supere și mai mult.

„Ce tont", își zise. Să te apuce proasta dispoziție în mijlocul unei asemenea frumuseți, după ce vorbiseră despre lucruri așa de interesante ca...

Ea nu-și mai aducea aminte, dar nu conta. Chiar și gânditul i se părea greu, lenea aceea...

Paulo s-a oprit și a pus rucsacul jos.

— Să ne mai odihnim, spuse.

Nu mai părea supărat. Probabil simțea și el lenea aceea. Ca și ea.

Nu exista pic de umbră. Numai că și ea avea nevoie să se odihnească.

S-au așezat pe pământul fierbinte. Faptul că erau goi, că nisipul fiebinte le ardea pielea nu părea să însemne mare lucru. Trebuiau să se oprească. Numai un pic.

Ea reuși să-și amintească despre ce vorbiseră: despre zări. Își dădu seama că și acum, chiar dacă nu voia, avea senzația că-i crescuse sufletul. Dar mai ales faptul că a doua minte încetase complet să mai funcționeze. Nu se gândea la muzică sau la lucruri care se repetă, nu se gândea nici măcar că i-ar putea vedea cineva umblând goi prin deșert.

Toate își pierdeau importanța; se simțea relaxată, nepăsătoare, liberă.

Au mai rămas câteva minute tăcuți. Era caniculă, dar soarele nu îi deranja. Și dacă s-ar fi întâmplat așa, aveau destulă apă în bidon.

El s-a ridicat primul.

— Cred că e mai bine să mergem. Mai avem puțin până la mașină. Ne odihnim înăuntru, cu aer condiționat.

Ei îi era somn. Voia să doarmă doar un pic. Totuși se ridică.

Au mai mers câțiva pași. Acum mașina părea destul de aproape. La vreo zece minute de mers.

— Dacă suntem așa de aproape, de ce nu ne culcăm puțin? Numai cinci minute.

Să doarmă cinci minute? De ce spunea asta? Oare îi citise gândurile? Și lui îi era somn?

Ce dacă ațipeau cinci minute? O să se bronzeze puțin, se gândi ea. Ca și cum ar fi fost la plajă.

S-au așezat iar. Merseseră mai mult de o oră, în afară de opriri. Nu era nimic dacă ațipeau cinci minute.

Au auzit zgomotul unei mașini. Cu o jumătate de oră mai înainte, ar fi sărit ca arsă și s-ar fi îmbrăcat la iuțeală.

Dar acum, mă rog, nu mai avea nici o importanță. S-o privească cine vrea. Nu avea nevoie să explice nimănui nimic.

Nu voia decât să doarmă.

Amândoi au văzut o camionetă apărând pe șosea, depășind mașina lor și oprindu-se mai încolo. Un bărbat a coborât și s-a apropiat de vehicul. S-a uitat înăuntru, apoi s-a învârtit în jurul mașinii, cercetând totul cu atenție.

„O fi vreun hoț", gândi Paulo. Și-l închipuia pe individ furându-le mașina și lăsându-i pe amândoi în pustietatea aceea lipsiți de mijloace pentru a se întoarce. Cheia era în contact – n-o luase cu el, îi fusese frică să n-o piardă.

Dar era în Statele Unite. La New York poate, dar aici... aici nu furau mașini.

Chris privea deșertul – cât de auriu era! O senzație plăcută, de odihnă, începea să-i cuprindă tot trupul. Soarele n-o deranja – oamenii nu știau ce frumos poate fi deșertul în plină zi!

Auriu! Diferit de deșertul roz de la asfințit!

Individul nu mai privea mașina, își pusese mâna streașină la ochi și-i căuta.

Ea era goală... iar el avea s-o vadă. Dar ce importanță mai avea? Nici Paulo nu părea îngrijorat de asta.

Acum bărbatul pornise în direcția lor. Senzația de plutire și de euforie creștea, dar acum lenea îi făcea să nu se mai miște aproape deloc. Și totul era liniște și pace – îngerii, da, îngerii aveau să se arate în curând!

Doar pentru asta veniseră în deșert – ca să stea de vorbă cu îngerii!

Era goală, dar nu-i era rușine. Era o femeie liberă.

Bărbatul stătea în picioare în fața lor. Vorbea altă limbă. Nu înțelegeau ce spunea.

Paulo făcu un efort; și-a dat seama că omul vorbea engleza. În fond, doar erau în Statele Unite.

— Veniți cu mine, le spuse el.

— Stai să ne odihnim puțin, răspunse Paulo. Cinci minute.

Omul luă rucsacul de jos și-l deschise.

— Îmbracă-te cu astea, îi spuse lui Chris, întinzându-i niște haine.

Ea s-a ridicat cu mare greutate, dar s-a supus. Era prea sfârșită ca să mai discute.

Omul îi ceru și lui Paulo să se îmbrace. Și el era prea sfârșit ca să mai spună ceva. Apoi bărbatul s-a uitat la bidoanele pline cu apă, a desfăcut unul, a umplut capacul și le-a cerut să bea.

Nu le era sete. Dar au făcut ce le cerea. Erau foarte liniștiți, pe deplin împăcați cu lumea – fără nici un chef să discute, să se împotrivească.

Ar fi făcut orice, s-ar fi supus oricărui ordin, numai să-i lase în pace.

— Să mergem, spuse bărbatul.

Acum nu mai puteau să se gândească la nimic – doar priveau deșertul. Aveau să facă orice, numai să-i lase odată străinul acela să doarmă!

Omul îi duse până la mașină, le ceru să urce și porni motorul. „Oare unde ne duce?“ se întrebă Paulo. Însă nu reușea să se îngrijoreze – lumea era liniștită, iar el nu voia decât să doarmă puțin.

S-a trezit cu stomacul în gât, cu o puternică senzație de vomă.

— Mai stai un pic liniștit.

Îi vorbea cineva, dar în capul lui era o confuzie îngrozitoare. Își mai amintea însă de paradisul auriu, unde totul era pace și liniște.

A încercat să se miște, dar a simțit deodată mii de ace care i se înfigeau în cap.

„Să mă culc iar", își spuse. Dar nu mai reușea – acele nu-i ieșeau din cap. Iar stomacul îi era tot în gât.

— Vreau să vomit, spuse el.

Când a deschis ochii a văzut că se afla într-un fel de centru comercial; erau acolo mai multe magazine de înghețată, cu frigidere înăuntru și etajere cu alimente. La vederea lor, i s-a făcut greață și mai tare. Abia acum l-a observat, stând în fața lui, pe omul pe care nu-l băgase în seamă deloc până atunci.

L-a ajutat să se ridice. Paulo și-a dat seama că în afară de acele închipuite din cap, mai avea unul înfipt în braț. Numai că acesta era adevărat.

Omul luă punga de perfuzie și amândoi porniră spre toaletă. Paulo vomită un fel de apă, foarte puțină, și atât.

— Ce se întâmplă? Ce înseamnă acul ăsta?

Era vocea lui Chris, vorbind în portugheză. Când Paulo s-a întors în micul centru comercial, și-a dat seama că și ea stătea așezată, cu o perfuzie în venă.

Acum Paulo se simțea puțin mai bine. Nu mai avea nevoie de ajutorul necunoscutului.

A sprijinit-o pe Chris ca să se poată ridica, ca să se ducă la toaletă și să vomite și ea.

— Mă duc cu mașina voastră ca s-o iau pe a mea, spuse străinul. O las tot acolo, cu cheia în contact. Faceți autostopul până acolo.

Paulo începea să-și amintească cele întâmplate, dar l-a cuprins iar greața și a trebuit să mai vomite o dată.

Când s-a întors, bărbatul plecase deja. Atunci au observat încă o persoană care era acolo – un tânăr de vreo douăzeci și ceva de ani.

— Încă o oră, spuse tânărul. Lichidul se va termina și atunci puteți pleca.

— Cât e ceasul?

Tânărul a răspuns. Imediat, Paulo făcu un efort ca să se ridice – avea o întâlnire de la care nu voia să lipsească cu nici un chip.

— Trebuie să-l văd pe Took, îi spuse el lui Chris.

— Stai jos, îi porunci tânărul. Te ridici numai când se termină lichidul.

Orice comentariu era de prisos. Oricum nu avea putere să meargă până la ușă.

„S-a dus întâlnirea", gândi Paulo. Numai că acum nimic nu părea să mai aibă importanță. Și, cu cât gândea mai puțin, cu atât mai bine.

— Cinsprezece minute, spuse Took. După asta vine moartea și nici măcar nu-ți dai seama.

Se aflau iar în vechea rulotă. Era seara celei de-a doua zile, și totul în jur era trandafiriu. Nu semăna deloc cu deșertul din ajun – auriu, cu o liniște imensă, și voma aceea, și greața.

Cu o seară înainte, nu reușiseră nici să doarmă, nici să mănânce – vomitau tot ce încercau să bage în gură. Acum însă senzația aceea ciudată dispăruse.

— Bine măcar că orizontul fiecăruia s-a extins, continuă flăcăul. Și că vă gândeați la îngeri. A apărut unul.

Era mai bine dacă ar fi spus „sufletul a crescut", gândi Paulo. În afară de asta, individul care apăruse nu era un înger – avea o camionetă rablagită și vorbea englezește. Flăcăul ăsta începuse să bată câmpii.

— Hai să mergem, spuse Took, și-i ceru lui Paulo să demareze.

S-a așezat pe scaunul din față, fără pic de jenă. Iar Chris, bodogănind în portugheză, s-a așezat pe bancheta din spate.

Took a început să dea indicații – ia-o pe drumul ăsta, mergi pe aici, hai mai repede ca motorul să dea mai mult aer rece, oprește aerul condiționat ca să nu fiarbă motorul. Au ieșit de mai multe ori de pe amărâtele de drumuri de pământ bătătorit și au înaintat în deșert. Took însă știa tot, nu făcea greșeli cum făcuseră ei.

— Dar ce s-a întâmplat ieri? întrebă Chris pentru a nu știu câta oară.

Știa că lui Took îi plăcea să-i fiarbă; deși își văzuse îngerul păzitor, se purta ca oricare alt tinerel de vârsta lui.

— Insolație, răspunse el, într-un târziu. N-ați văzut niciodată filme cu deșertul?

Cum să nu. Oameni însetați, târându-se pe nisip în căutarea unui strop de apă.

— Dar nouă nu ne era sete. Amândouă bidoanele erau pline.

— Nu mă refer la asta, i-o tăie americanul. Eu vorbesc despre haine.

Hainele! Arabii cu veșmintele acelea lungi, ca cearșafurile, în mai multe straturi, unele peste altele. Într-adevăr, cum de fuseseră așa de proști? Paulo auzise vorbindu-se despre asta de atâtea ori, ba mai fusese și în trei deșerturi... și niciodată nu-i trecuse prin cap să-și scoată hainele. Dar acolo, în dimineața aceea, după frustrarea cu lacul care nu se lăsa ajuns... „Cum de mi-a venit o idee atât de tâmpită?“ gândi el.

— Când v-ați scos hainele, apa din corp s-a evaporat aproape instantaneu. Nici măcar nu transpiri, din pricina aerului extrem de uscat. În cinsprezece minute v-ați deshidratat complet. Nu există nici senzația de sete, nimic – doar o senzație ușoară de dezorientare.

— Și oboseala?

— Oboseala e moartea care vine.

„Nu părea moartea", își spuse Chris. Dacă într-o bună zi o să aibă nevoie să aleagă un mod plăcut și ușor de a părăsi lumea asta, o să se întoarcă în deșert, goală.

— Cea mai mare parte a oamenilor care mor în deșert mor cu apa în bidon. Deshidratarea e atât de rapidă, încât ne simțim ca unul care a băut o sticlă întreagă de whisky sau a luat o doză mare de calmante.

Took le ceru ca de acum să bea apă tot timpul, chiar dacă nu le e sete, pentru că trebuia ca apa să rămână în corpurile lor.

— Dar a apărut un înger, trase el concluzia.

Înainte ca Paulo să poată spune ce credea el despre asta, Took îi ceru să oprească lângă o colină.

— Să coborâm aici – o să facem restul drumului pe jos.

Au pornit pe o cărăruie îngustă care ducea în vârful colinei. După câteva minute de mers, Took și-a adus aminte că uitase lanterna în mașină. S-a întors, a luat-o, dar a rămas puțin aplecat sub capotă, cu privirea în gol.

„Chris are dreptate; singurătatea le face rău oamenilor. Uite ce ciudat se poartă ăsta", își spuse Paulo în timp ce-l privea pe tânărul rămas acolo jos.

Dar după câteva clipe suise deja bucățica de drum pe care ei o făcuseră și-i însoți mai departe.

În patruzeci de minute, fără prea mari eforturi, se aflau pe vârful colinei. Se aflau într-un loc cu vegetație târâtoare, iar Took le-a cerut să se așeze cu fața spre nord. Atitudinea lui, foarte extravertită, se schimbase mult – acum era mai concentrat și mai distant.

— Ați venit în căutarea îngerilor, spuse el, așezându-se lângă ei.

— Eu am venit, spuse Paulo. Pentru că știu că tu ai vorbit cu unul dintre ei.

— Lasă-l pe îngerul meu. Mulți oameni, în deșertul ăsta, au vorbit cu îngerul lor sau l-au văzut. Dar și alții, la oraș, pe mări, prin munți.

Se ghicea un pic de nerăbdare în vocea lui.

— Gândește-te la îngerul tău păzitor, continuă el. Pentru că al meu e aici și-l pot vedea. Ăsta e locul meu sfânt.

Atât Paulo, cât și Chris și-au amintit de prima lor noapte în deșert. Și iarăși și-au închipuit îngerii lor, cu îmbrăcăminte și aripi.

— Întotdeauna au un loc sfânt. Al meu a fost deja într-un apartament mic, a fost într-o piață din Los Angeles, și acum e aici. Un colț sfânt deschide o poartă spre cer, iar cerul pătrunde pe acolo.

Amândoi au rămas cu privirea la locul sacru al lui Took: pietre, pământul tare, vegetația pitică. Poate ceva șerpi și coioți treceau noaptea pe aici.

Took părea căzut în transă.

— Aici am reușit să-mi văd îngerul, deși știam că el se află peste tot, că are chipul deșertului în care trăiesc sau al orașului în care am locuit optsprezece ani. Am vorbit cu îngerul meu pentru că am crezut în existența lui. Pentru că am sperat să-l întâlnesc. Și pentru că îl iubeam.

Nici unul nu a îndrăznit să-l întrebe despre ce au vorbit. Took a continuat:

— Oricine poate intra în contact cu patru feluri de entități din lumea invizibilă: cele elementare, spiritele eliberate de trup, sfinții și îngerii. Entitățile elementare sunt vibrații ale lucrurilor din natură – ale focului, pământului, apei și aerului – și putem intra în contact cu ele prin intermediul ritualurilor. Sunt forțe pure – precum cutremurele, fulgerele sau vulcanii. Apar sub forma unor spiriduși, zâne, salamandre, pentru că e nevoie să le înțelegem ca „ființe"; cu toate acestea, omul nu poate decât să folosească forța entităților elementare – niciodată nu va învăța ceva de la ele.

„De ce-mi spune mie toate astea?" se întrebă Paulo. „Oare a uitat că și eu sunt Maestru în Magie?"

Took își urmă explicația:

— Spiritele eliberate de trup sunt acelea care rătăcesc între o viață și cealaltă, iar noi intrăm în contact cu ele prin persoanele-medium. Unii sunt mari maeștri – dar tot ce ne învață putem învăța pe pământ, pentru că și ele au învățat tot aici. Așa că e mai bine să le lăsăm să meargă în direcția pasului următor, iar noi să privim mai mult la orizontul nostru și *de acolo* să încercăm să scoatem înțelepciunea pe care și ele au scos-o.

„Paulo trebuie că știe toate astea", gândi Chris. „Înseamnă că el vorbește pentru mine."

Da, Took vorbea pentru femeia aceea – din pricina ei se afla el acolo. Nu avea nimic să-l învețe pe

Paulo, cu douăzeci de ani mai bătrân ca el, mai experimentat – dacă se gândea un pic, descoperea singur cum ar fi putut vorbi cu îngerul. Paulo era discipolul lui J. – și ce-ar mai fi vrut Took să-l audă vorbind despre J.! La prima întâlnire folosise tot felul de tertipuri ca să-l facă pe brazilian să vorbească, dar femeia stricase totul. Nu reușise să afle nici unele tehnici, nici procedeele sau ritualurile pe care le folosea J.

Prima întâlnire îl dezamăgise profund. Se gândise chiar că brazilianul folosea numele lui J. fără ca Maestrul să știe. Sau mai rău, J. greșise pentru prima oară în viața lui în alegerea discipolului – dar, dacă era așa, toți cei din Tradiție aveau s-o afle în curând. În noaptea acelei prime întâlniri însă l-a visat pe îngerul lui păzitor.

Iar îngerul lui îi ceruse s-o inițieze pe femeie pe calea magiei. Numai s-o inițieze; soțul va face restul.

În vis, el îi răspunsese că o învățase deja despre a doua minte și-i ceruse să privească orizontul. Îngerul însă i-a spus să fie atent la bărbat, dar să aibă grijă de femeie. Și a dispărut.

Era învățat să fie disciplinat. Acum făcea ceea ce-i ceruse îngerul – și spera ca el să-l vadă de acolo, de sus.

— După spiritele eliberate de trup, continuă el, apar sfinții. Aceștia sunt adevărații Maeștri. Au trăit alături de noi cândva, iar acum se află aproape de lumină. Marea învățătură a sfinților sunt viețile lor de aici, de pe pământ. Aici se află tot ce trebuie să știm noi – e de ajuns să-i imităm.

— Și cum îi invocăm pe sfinți? întrebă Chris.

— Prin rugăciuni, răspunse Paulo, luându-i vorba din gură lui Took.

Nu era gelos, deși era clar că americanul voia să se afirme în fața lui Chris.

„El respectă Tradiția. O s-o folosească pe nevastă-mea ca să mă învețe. Dar de ce spune chestii așa de simple și repetă lucruri pe care eu le știu prea bine?"

— Pe sfinți îi invocăm prin rugăciuni neîncetate, își continuă Paulo explicația. Și, când ei sunt aproape, totul se transformă. Se petrec miracolele.

Took observase tonul agresiv al brazilianului. Dar nu avea să-i povestească despre vis și înger, nu datora nici un fel de explicație nimănui.

— În sfârșit, luă Took cuvântul, există îngerii.

Poate că brazilianul nu știa chiar partea asta, deși părea să cunoască destul din celelalte chestiuni. Took făcu o pauză lungă. Stătea tăcut, apoi s-a rugat în șoaptă, și-a amintit de îngerul lui, s-a răsucit în așa fel încât acesta să-i audă fiecare cuvânt. Și-i ceru să poată vorbi limpede fiindcă – o, Doamne! – era foarte, foarte greu să explici.

— Îngerii sunt iubire în mișcare. Care nu se oprește niciodată, care luptă ca să crească, fiind dincolo de bine și de rău. Iubirea care devorează totul, care distruge totul, care iartă totul. Îngerii sunt făcuți din iubirea aceasta, și – în același timp – sunt solii ei.

Iubirea îngerului exterminator, care ne ia într-o bună zi sufletul, și a îngerului păzitor, care ni-l aduce înapoi. Iubirea în mișcare.

— Iubirea în război, spuse ea.

— Nu există iubire pașnică. Cine caută așa ceva e pierdut.

„Ce știe puștiul ăsta despre dragoste? Trăiește singur în deșert și nu s-a îndrăgostit niciodată", își spuse Chris. Dar, cu toate acestea, oricât se căznea, nu reușea să-și amintească nici măcar un moment în care dragostea să-i fi adus liniște. O văzuse totdeauna însoțită de agonie, extaz, bucurii nemăsurate și tristeți profunde.

Took se întoarse spre ea:

— Să stăm puțin liniștiți, pentru ca îngerii noștri să audă zgomotul din spatele tăcerii noastre.

Chris încă se mai gândea la dragoste. Într-adevăr, băiatul ăsta părea să aibă dreptate, dar ar fi putut să jure că știa toate lucrurile acelea numai în teorie.

„Iubirea se odihnește numai când e pe moarte, ce ciudat." La fel de ciudat ca tot ce trăia, mai ales senzația de „suflet mărit".

Nu-i ceruse niciodată lui Paulo s-o învețe ceva – ea credea în Dumnezeu și asta era de ajuns. Respecta căutările soțului, dar – poate din pricină că-i era așa de aproape sau pentru că știa că el avea defecte, ca toți oamenii – nu fusese niciodată curioasă.

Dar nu-l cunoștea pe Took. El îi spusese: „Încearcă să privești orizontul. Fii atentă la cea de-a doua minte". Iar ea se supusese. Acum, cu sufletul deja mărit, descoperea ce bine e și ce mult timp pierduse.

— De ce trebuie să vobim cu îngerul? întrebă Chris, rupând tăcerea.

— Descoperiți împreună.

Took nu se supărase pentru comentariul ei. Dacă l-ar fi întrebat pe Paulo, ar fi ieșit cu ceartă.

Au spus un *Tatăl nostru* și un *Ave Maria*. Atunci americanul le-a spus că pot să coboare.

— Asta a fost tot? Paulo era dezamăgit.

— Am vrut să vă aduc până aici pentru ca îngerul meu să vadă că am făcut ce mi-a cerut, răspunse Took. Nu mai am nimic să te învăț; dacă vrei să afli mai multe, întreabă le pe Walkirii.

Întoarcerea s-a făcut într-o tăcere stânjenitoare – întreruptă doar când Took dădea indicații privitoare la drum. Dar nici unul nu voia să vorbească – Paulo fiindcă își spunea că Took îl înșelase; Chris pentru că lui Paulo nu i-ar fi plăcut comentariile ei, fiind convins că ea stricase totul; iar Took pentru că știa că brazilianul era dezamăgit și din cauza asta n-o să-i vorbească despre J. și despre tehnicile lui.

— Să știi că greșești cu un lucru, spuse Paulo când au ajuns în fața rulotei. N-a fost înger ce am văzut noi ieri. A fost un tip cu o camionetă.

O clipă Chris a crezut că vorbele acelea vor rămâne fără răspuns – agresivitatea între cei doi era din ce în ce mai mare. Americanul chiar se îndrepta spre „casa" lui, dar dintr-odată s-a întors.

— O să-ți spun o povestire pe care o știu de la tatăl meu, spuse el. Un maestru mergea împreună cu discipolul lui prin deșert, iar maestrul îl învăța că întotdeauna se puteau încrede în Dumnezeu, fiindcă El avea grijă de toate. A venit noaptea și s-au hotărât să facă popas. Maestrul monta cortul, iar discipolului i s-a spus să lege caii lângă o stâncă. Dar, când a ajuns la stâncă, tânărul și-a spus: „Maestrul mă pune la încercare. A spus că Dumnezeu are grijă de toate, și apoi mi-a cerut să leg caii. Vrea să vadă dacă cred în Dumnezeu". Și, în loc să lege animalele, a făcut o rugăciune lungă și le-a lăsat în grija lui Dumnezeu.

A doua zi, când s-au trezit, caii dispăruseră. Dezamăgit, discipolul s-a dus la maestru și s-a plâns, spunând că nu mai avea încredere în el, fiindcă Dumnezeu nu avea grijă de toate – uitase să păzească caii.

— Greșești, răspunse maestrul. Dumnezeu a vrut să aibă grijă de cai. Dar în clipa aceea avea nevoie de mâinile tale ca să-i lege.

Tânărul aprinse o mică lampă cu gaz care atârna lângă rulotă. Lumina a făcut să pălească puțin strălucirea stelelor.

— Când începem să ne gândim la înger, el prinde să se manifeste. Prezența lui devine mereu mai apropiată, mai vie. Numai că la început ni se arată așa cum o face toată viața: prin alții.

Îngerul tău s-a folosit de omul acela. Trebuie că l-a scos din casă devreme, schimbând ceva în obiceiurile lui, a aranjat totul în așa fel încât el să poată fi acolo chiar în clipele în care voi aveați nevoie de el. Ăsta este un miracol. Nu încerca să-l transformi într-un fapt banal.

Paulo asculta tăcut.

— Când am suit colina, mi-am uitat lanterna, continuă Took. Cred că ai observat că am stat puțin la mașină. De câte ori uit ceva când e să plec de acasă, simt că îngerul meu păzitor e în acțiune. Mă face să întârzii câteva clipe – și clipele astea pot să însemne foarte mult. Mă pot feri de un accident sau mă pot face să întâlnesc persoana de care am nevoie.

De aceea, ori de câte ori iau ce-am uitat, mă așez un pic și număr până la douăzeci. În felul acesta îngerul are timp să acționeze. Iar un înger folosește multe instrumente.

Americanul îi ceru lui Paulo să aștepte puțin. Intră în rulotă și se întoarse cu o hartă.

— Aici le-am văzut ultima oară pe Walkirii.

Arătă un loc pe hartă. Agresivitatea între cei doi părea să fi scăzut considerabil.

— Ai grijă de ea, mai spuse Took. A fost bine că a venit cu tine.

— Așa cred și eu, răspunse Paulo. Mulțumesc pentru tot.

Și s-au despărțit.

— Ce prost am fost! spuse Paulo lovind cu palma volanul, făcând mașina să devieze puțin de la drum.

— Prost? Am crezut că erai gelos!

Dar Paulo râdea, era foarte binedispus.

— Patru entități, patru procese! Iar el ne-a vorbit doar despre trei! Iar prin al patrulea proces poți vorbi cu îngerul!

El se întoarse spre Chris. Îi străluceau ochii de bucurie.

— Al patrulea proces: conectarea.

Aproape zece zile în deșert. S-au oprit într-un loc unde pământul se deschidea în mai multe răni, ca și cum râuri preistorice ar fi curs pe aici cu zecile, lăsând brazdele acelea lungi, adânci, pe care solul își luase sarcina să le facă din ce în ce mai mari.

Aici nu existau nici scorpioni, nici șerpi, nici coioți, nici măcar omniprezenta vegetație pitică. Deșertul era plin de locuri din acestea, numite *badlands*, pământuri blestemate.

Au coborât amândoi într-una din acele imense răni. Pereții de pământ erau înalți, nu vedeau decât un drum șerpuit, fără început și fără sfârșit.

Acum nu mai erau doi aventurieri iresponsabili care cred că nu li se poate întâmpla nimic rău. Deșertul își avea legile lui, și-l ucidea pe acela care nu le respecta. Învățaseră toate legile astea – urmele cobrelor, orele când puteau ieși, precauțiile pentru siguranța lor. Înainte de a intra în *badlands*, lăsaseră în mașină un bilet în care spuneau încotro o apucaseră. Chiar dacă era pentru o jumătate de oră și nu părea deloc necesar, ba era chiar ridicol – totuși, dacă se întâmpla ceva, putea opri vreo mașină, și dacă cineva citea biletul, știa în ce direcție o luaseră cei doi. Trebuia să ușureze sarcina instrumentelor folosite de îngerul păzitor.

Le căutau pe Walkirii. Nu acolo, la capătul lumii – pentru că nici o viață nu rezistă prea mult în *badlands*. Acolo – ei bine, acolo avea loc un exercițiu pentru Chris.

Dar Walkiriile erau aproape, ceva părea să indice asta. Lăsaseră urme. Trăiau în deșert, nu se opreau niciunde, dar lăsau urme.

Amândoi reușiseră să descopere câteva piste. La început, vizitaseră orășel după orășel și întrebaseră despre Walkirii, dar nimeni nu auzise vorbindu-se despre ele. Indicația lui Took nu folosise la nimic – probabil trecuseră de mult prin locul acela pe care el îl arătase pe hartă. Până într-o zi, când la un bar au întâlnit un băiat care-și amintea că citise undeva despre ele. Și le-a descris ce haine purtau și ce urme lăsau.

Cei doi au început atunci să întrebe despre femei care purtau tipul acela de veșminte. Oamenii căpătau un aer dezaprobator și le spuneau că trecuseră pe acolo acum o lună, acum o săptămână, acum trei zile.

În sfârșit, se aflau acum la o zi de mers până la locul unde puteau să se afle.

Soarele era deja aproape de linia orizontului – altfel n-ar fi riscat să umble prin deșert. Pereții de pământ își aruncau umbra peste ei. Locul era perfect.

Chris nu mai suporta să mai repete o dată toate astea. Dar trebuia – încă nu obținuse cine știe ce rezultate.

— Așază-te aici. Cu spatele spre sud.

Ea făcu ce-i cerea Paulo. Apoi, fără să-și dea seama, începu să se relaxeze. Stătea cu picioarele încrucișate, cu ochii închiși – dar simțea tot deșertul în jurul ei. Sufletul îi crescuse în zilele astea – acum știa că lumea era mai mare, mult mai mare decât cu două săptămâni în urmă.

— Concentrează-te asupra celei de-a doua minți, îi spuse el.

Chris simțea inhibiția din vocea lui. Nu se putea purta cu ea cum o făcea cu ceilalți discipoli – în fond, ea-i cunoștea erorile și slăbiciunile. Dar Paulo făcea un efort uriaș ca să se poarte ca un maestru și ea-l respecta pentru asta.

Se concentră asupra celei de-a doua minți. Lăsă să-i treacă prin cap toate gândurile – și, ca de obicei, erau gânduri absurde pentru cineva care se afla în mijlocul deșertului. De trei zile, de câte ori începea exercițiul își dădea seama că gândirea ei automată era foarte preocupată de persoanele pe care trebuia să le invite la ziua ei – peste trei luni.

Dar Paulo îi ceruse să nu bage în seamă asta. Să lase ca preocupările să-i curgă liber prin gând.

— Hai să mai repetăm totul o dată, spuse el.

— Iar mă preocupă petrecerea de ziua mea.

— Nu lupta împotriva gândurilor, sunt mai puternice ca tine, îi spuse Paulo pentru a mia oară. Dacă vrei să scapi de ele, acceptă-le. Gândește-te la ce vor ele să gândești, până ce vor obosi.

Ea făcea lista invitaților. I-a șters pe unii. I-a adăugat pe alții. Ăsta era primul pas: să fie atentă la mintea a doua până ce aceasta avea să obosească.

Acum, petrecerea pentru aniversarea ei dispărea mai repede. Dar tot făcea lista. Era de necrezut cum putea o chestiune ca asta s-o preocupe atâtea zile, să-i ocupe atâtea ore în care s-ar fi putut gândi la lucruri mult mai interesante.

— Gândește-te până obosești. Și, când obosești, deschide canalul pentru conectare.

Paulo se îndepărtă de soția lui și se întinse în râpă. Puștiul era deștept, pentru că luase foarte în serios faptul că nu putea să-l învețe nimic pe discipolul altui maestru. Dar, prin Chris, îi dăduse toate pistele de care avea nevoie.

A patra modalitate de a comunica cu lumea invizibilă era conectarea.

Conectarea! De câte ori văzuse oameni în mașini, în timpul blocajelor în trafic, vorbind singuri, fără să-și dea seama că executau unul dintre cele mai sofisticate procese de magie! Spre deosebire de un medium, care trebuia să-și piardă oarecum cunoștința în timpul contactului cu spiritele, conectarea era procesul cel mai natural pe care ființa omenească îl folosea pentru a se scufunda în necunoscut. Era contactul cu Sfântul Duh, cu Sufletul Lumii, cu Maeștrii Luminați care sălășluiau în locuri depărtate ale Universului. Nu era nevoie de ritual, nici de întrupare, nici de altceva. Orice om știa, în mod inconștient, că există o punte pentru lumea invizibilă, la îndemâna lui, punte pe care putea păși fără frică.

Și orice om încerca, chiar fără să-și dea seama. Toți se surprindeau spunând lucruri la care niciodată nu se gândiseră, dădeau sfaturi spunând apoi „nu știu de ce spun eu toate astea", făceau lucruri care nu prea le stăteau în fire.

Și tuturor le plăcea să se uite la miracolele naturii – o furtună, un apus de soare – erau pregătiți să intre în legătură cu Înțelepciunea Universală, să se gândească la lucruri cu adevărat importante, numai că...

...numai că în asemenea momente apărea un zid invizibil.

A doua minte.

A doua minte se afla acolo, blocând intrarea, cu chestiile ei repetitive, cu grijile lipsite de importanță, problemele financiare, pasiunile înăbușite.

Se ridică și se apropie de Chris.

— Ai răbdare și ascultă tot ce are de spus a doua minte. Să nu răspunzi. Să nu te pui contra. Ea o să obosească.

Chris refăcu încă o dată lista invitaților, deși acum n-o mai interesa deloc treaba asta. Când termină, puse punctul final.

Și deschise ochii.

Se afla acolo, în rana aceea a pământului. Simți aerul încins din jurul ei.

— Deschide canalul. Vorbește.

Să vorbească!

Totdeauna îi fusese frică să vorbească, să nu pară ridicolă, toantă. Frică să afle ce gândeau ceilalți despre vorbele ei – pentru că ei păreau întotdeauna mai bine pregătiți, mai inteligenți, cu răspunsuri pregătite pentru toate cele.

Acum însă asta era, trebuia să-și ia inima-n dinți, chiar dacă avea să spună lucruri absurde, fraze fără sens. Paulo îi explicase că aceasta era una dintre posibilitățile de conectare: să vorbească. Să învingă cea de-a doua minte și apoi să lase Universul să o ia în grijă, s-o folosească așa cum voia.

Nu știa de unde vin lucrurile astea – de fapt veneau dinăuntru, din străfundul sufletului, și se manifestau. Când și când, a doua minte revenea cu preocupările ei, iar Chris trebuia să-și organizeze petrecerea, dar așa trebuia să fie – fără logică, fără cenzură, cu bucuria unui războinic care pătrunde într-o lume necunoscută. Ea trebuia să vorbească limba inimii.

Paulo asculta în tăcere, iar Chris îi simțea prezența. Era foarte conștientă, dar liberă. Nu se putea gândi la ce-i trecea lui prin cap – trebuia să continue să vorbească, să facă gesturile care-i veneau atunci, să cânte melodii ciudate. Da, totul trebuia să aibă un sens, fiindcă niciodată nu mai auzise asemenea zgomote, muzica asta, vorbele și mișcările astea. Era greu, întotdeauna îi fusese teamă să nu alunece în pure fantezii, nu voia să pară în contact cu Invizibilul mai mult decât era, dar până la urmă a învins teama de ridicol și a mers mai departe.

Azi se întâmpla însă ceva diferit. Nu mai făcea toate astea din obligație, ca la început. Îi plăcea. Și începea să se simtă *sigură pe sine*. O undă de certitudine plutea într-un du-te-vino, iar Chris încercă să se prindă de ea cu disperare.

Ca să țină unda aproape, trebuia să vorbească. Orice i-ar fi trecut prin minte.

— Uită-te la pământul ăsta, vocea îi era calmă, liniștită, deși a doua minte își mai făcea apariția ca să-i spună că probabil lui Paulo toate astea i se păreau caraghioase. Ne aflăm într-un loc sigur, putem rămâne aici peste noapte, să privim stelele întinși pe pământ și să vorbim cu îngerii. Nu sunt scorpioni, șerpi sau coioți.

(„Oare el crede că acum inventez chestii? Că vreau să-l impresionez? Dar eu chiar vreau să spun aceste lucruri!")

— Planeta și-a pus deoparte anumite locuri numai pentru ea. Ne cere să plecăm de aici. În locurile astea, fără milioanele de forme de viață care să-i mișune pe față, Terra reușește să rămână singură-singurică. Și ea are nevoie să rămână singură, încearcă să-și înțeleagă sinele.

(„Oare de ce spun spun eu toate astea? El o să creadă că vreau să mă dau mare. Sunt conștientă de asta!")

Paulo privi în jur. Albia secată a râului părea blândă, suavă. Dar inspira groază, groaza de singurătate absolută, de absență completă a vieții.

— Are o rugăciune, continuă Chris.

Acum, a doua minte nu mai reușea s-o facă să se simtă ridicolă.

Numai că dintr-odată a invadat-o frica. Frică de a nu ști ce rugăciune, de a nu ști să continue.

Și, în clipa în care a cuprins-o frica, a doua minte a și pus stăpânire pe ea, i-a readus ridicolul, rușinea, grija de ce va spune Paulo. În fond, el era vrăjitorul – știa mai multe decât ea, probabil credea că toată chestia era falsă.

Respiră adânc. Se concentră asupra prezentului, asupra pământului unde nu creștea nimic, asupra soarelui care începuse să se ascundă. Curând, unda de siguranță de sine s-a întors – ca un miracol parcă.

— Are o rugăciune, repetă.

Și va răsuna
limpede
în cer
când eu voi veni
să fac zgomot

A stat tăcută o vreme, simțind că dăduse tot ce putea din ea, iar conectarea se terminase. Apoi s-a întors către el.

— A fost prea mult azi. Niciodată nu mi s-a mai întâmplat așa ca acum.

Paulo și-a trecut mâna peste părul ei și a sărutat-o. Iar ea se întreba dacă gestul lui era din milă sau din mândrie pentru ea.

— Hai să mergem, a spus el. Să respectăm dorința pământului.

„Poate spune asta ca să mă încurajeze, ca să continui să încerc conectarea", își spuse ea. Nu, nu inventase nimic.

— Rugăciunea? întrebă ea, temându-se de răspunsul pe care-l putea auzi.

— Este o veche incantație indigenă. A vrăjitorilor Ojibuei.

Totdeauna fusese mândră de cultura soțului, deși el spunea că nu folosește la nimic.

— Dar cum de se pot întâmpla asemenea lucruri?

Paulo și-a amintit că J. îi vorbise despre unele secrete ale alchimiei din cartea lui: „Norii sunt râuri care cunosc deja marea". Dar i-a fost lene să explice. Mergea încordat, nervos, fără să înțeleagă de ce mai stătea în deșert; în fond, acum știa cum să vorbească cu îngerul păzitor.

— Tu ai văzut filmul *Psycho*? o întrebă el pe Chris când au ajuns la mașină.

Ea dădu din cap.

— În film, actrița din rolul principal moare în baie, în primele zece minute din film. În deșert, eu am descoperit cum se vorbește cu îngerii după trei zile. Cu toate astea, am făcut legământ cu mine să rămân în deșert patruzeci de zile, și acum nu pot să mă răzgândesc.

— Dar mai sunt și Walkiriile.

— Walkiriile! Pot trăi și fără ele, nu pricepi?

„Îi e frică de întâlnirea cu ele", îi trecu prin cap lui Chris.

— Acum știu să vorbesc cu îngerii, asta e cel mai important!

Tonul vocii lui Paulo era agresiv.

— Mă gândeam eu, i-a răspuns Chris. Acum știi deja, dar *nu vrei să încerci*.

„Asta-i treaba mea", își spuse Paulo în gând, în timp ce pornea motorul. „Am nevoie să trăiesc emoții puternice. Am nevoie de provocări."

O privi pe Chris. Ea citea, distrată, *Manualul de supraviețuire în deșert*, pe care-l cumpăraseră dintr-un orășel oarecare, prin care trecuseră.

Mașina a pornit. Și-au început drumul printr-unul din multele drumuri drepte care păreau să nu ducă nicăieri.

„Nu e numai o problemă de căutare spirituală", își continuă el gândul, în timp ce privea când la Chris, când la drum. Se săturase de căsnicie, chiar dacă știa că o iubește pe femeia de lângă el. Avea nevoie de senzații tari în dragoste, în muncă, în aproape tot ce făcea în viață. În felul ăsta contrazicea una dintre cele mai importante legi ale naturii: orice efort are nevoie de repaus.

Știa că nimic nu avea să dureze prea mult în viața lui dacă avea să continue așa. Începea să înțeleagă ce voia J. să spună cu „omul distruge ce iubește el mai mult".

Peste două zile au ajuns la Gringo Pass, un loc unde nu găseai decât un motel, un minimarket și clădirea vămii. Granița cu Mexicul era doar la câțiva metri, așa că cei doi au făcut mai multe fotografii „călare" pe graniță, cu un picior aici și celălalt dincolo, în cealaltă țară.

S-au dus la minimarket. Au întrebat de Walkirii, iar patroana micului restaurant le-a răspuns că le văzuse pe „lesbienele alea" de dimineață, dar nu mai erau acolo.

— S-au dus spre Mexic? vru Paulo să știe.

— Nu, nu. Au luat drumul spre Tucson.

S-au întors la motel și s-au așezat pe verandă. Mașina se afla chiar în fața lor.

— Ia uite ce murdară e, spuse Paulo, după câteva minute. Vreau s-o spăl.

— Patronul motelului n-o să fie încântat să afle că cineva îi risipește apa pentru așa ceva. Suntem în deșert, nu?

Paulo n-a răspuns. S-a ridicat, a scos cutia cu șervețele din portbagaj și a început să-și curețe mașina. Ea a rămas pe verandă.

„Ce agitat e. Nu poate sta locului", își spuse Chris.

— Vreau să vorbim ceva serios, spuse.

— Ți-ai făcut bine treaba, nu fi îngrijorată, i-a răspuns el, în timp ce arunca șervețel după șervețel.

— Tocmai despre asta vreau să-ți vorbesc, insistă Chris. N-am venit aici ca să fac cine știe ce treabă. Am venit deoarece căsnicia noastră se duce de râpă, simt eu.

„Simte și ea la fel", gândi el. Dar și-a continuat treaba, concentrat.

— Dintotdeauna ți-am respectat căutările spirituale, dar le am și eu pe ale mele, spuse Chris. Și nu voi renunța la ele, vreau să fie foarte clar. Voi continua să mă duc la biserică.

— Și eu merg la biserică.

— Dar știi foarte bine că e o deosebire. Tu ai ales calea asta de a comunica cu Dumnezeu, eu am ales alta.

— Știu foarte bine. Și nu vreau să schimb nimic.

— Între timp – ea respiră adânc, pentru că nu știa care va fi răspunsul lui – s-a întâmplat ceva cu mine. Și eu vreau să vorbesc cu îngerul meu.

S-a ridicat și s-a dus până la el. A început să strângă șervețelele aruncate pe jos.

— Îmi faci o favoare, te rog? îi spuse privindu-l fix în ochi. Nu mă părăsi la mijlocul drumului.

Benzinăria avea un mic local în spate.

S-au așezat lângă fereastră. Tocmai se treziseră, iar lumea era încă liniștită. Afară nu erau decât întinderea imensă, șoseaua asfaltată și tăcerea.

Lui Chris îi era dor de Borrego Springs, de Gringo Pass și de Indio. În locurile acelea deșertul avea chip – munți, văi, povești cu pionieri și cuceritori.

Dar aici nu se putea vedea decât imensitatea pustie. Și soarele. Soarele care peste puțin timp avea să colo-reze totul în galben, să ridice temperatura la 55°C la umbră (deși nu exista umbră) și să facă viața insu-portabilă pentru oameni și animale.

A venit să-i servească un băiat. Era chinez și încă vorbea cu accent – probabil că abia venise. Chris se gândi cum făcuse chinezul acela înconjurul lumii ca să ajungă la micul restaurant din mijlocul deșertului.

Au cerut cafea, ouă, bacon și pâine prăjită. Și au rămas mai departe tăcuți.

Chris s-a uitat la ochii băiatului – parcă fixau ori-zontul, păreau ochii cuiva care avea sufletul mărit.

Dar nu, nu făcea nici un exercițiu sacru, nici nu încerca să se dezvolte spiritual. Privirea aceea era o privire de plictiseală. Flăcăul nu vedea nimic – nici deșertul, nici drumul, nici pe cei doi clienți care apăruseră atât de devreme. Se limita la repetarea mișcărilor cu care fusese învățat – să pună cafeaua în aparat, să frigă ouăle, să spună „ce să vă aduc?" sau „mulțumesc" – parcă era un animal dresat, fără sentimente sau reflexe umane. Sensul vieții lui părea să fi rămas în China sau să fi dispărut în imensitatea suprafeței fără copaci și fără stânci.

Sosise cafeaua. Au început s-o soarbă fără grabă. Nu aveau unde să se ducă.

Paulo privi mașina de afară. Încercarea de a o curăța puțin cu două zile în urmă nu folosise la nimic. Era din nou plină de praf.

Au auzit un zgomot ușor în depărtare. Peste puțin timp avea să treacă primul camion din ziua aceea. Băiatul ieși din amorțeală, lăsă deoparte și ouă, și bacon și se duse să privească afară, încercând să identifice ceva, parcă voia să se simtă parte a unei lumi care se mișca, care trecea prin fața restaurantului. Doar atât putea să facă: să privească de departe și să vadă cum trece lumea. Probabil că nu se mai gândea să părăsească restaurantul într-o bună zi, să facă autostopul cu unul din camioanele acelea. Era pătruns de Liniște și Vid.

Zgomotul creștea și nu semăna cu al unui motor de camion. O clipă, inima lui Paulo se umplu de speranță. Dar era doar o speranță, nimic mai mult. Încercă să nu se mai gândească la asta.

Curând zgomotul deveni și mai puternic. Chris se întoarse ca să vadă ce se petrece afară.

Paulo stătea cu ochii în jos, privindu-și cafeaua. Îi era frică ca nu cumva ea să-și dea seama de neliniștea care-l cuprinsese.

Geamurile restaurantului s-au zgâlțâit ușor din pricina zgomotului. Băiatul părea să nu dea prea multă importanță – cunoștea zgomotul și nu-i plăcea deloc.

Dar Chris privea fascinată. Orizontul se umpluse de strălucire, soarele se reflecta în metale și – în închipuirea ei – zgomotul scutura ierburi, asfalt, acoperișul, restaurantul, geamurile.

Cu un vacarm îngrozitor, ele au oprit în benzinărie – iar drumul drept, deșertul plat, iarba pitică, băiatul chinez, cei doi brazilieni care căutau un înger – totul a fost răvășit de prezența aceea.

Caii cei frumoși se învârteau neîncetat în jurul benzinăriei, periculos de aproape unii de alții, bicele șfichiuiau aerul, mâinile înmănușate jucându-se cu măiestrie cu pericolul. Ele strigau ca niște cowboy care-și mânau vitele, voiau să trezească deșertul, să spună lumii că erau vii și bucuroase că venise dimineața. Paulo își ridicase privirea și se uita fascinat, dar frica îi rămăsese cuibărită în suflet. Dacă nu se opreau aici, dacă făceau asta doar ca să-l trezească pe puștiul chinez, să-i explice că încă mai exista viață, bucurie și măiestrie?

Deodată animalele s-au supus unui semnal invizibil și s-au oprit.

Walkiriile au coborât. Haine de piele, basmale colorate acoperindu-le o parte a feței și lăsând să se vadă doar ochii – ca să nu se înece cu praf.

Și-au scos basmalele și și-au șters cu ele hainele negre, scuturând deșertul de pe trupurile lor. Apoi și le-au legat la gât și au intrat în restaurant.

Erau opt femei.

N-au cerut nimic. Băiatul chinez știa ce vor – așezase deja pe plita fierbinte ouă, bacon, pâine prăjită. Dar și cu nou-venitele continua să pară o mașină supusă.

— De ce e închis radioul? întrebă una din ele.

Mașina chinezească cea supusă s-a dus și a dat drumul la radio.

— Mai tare, a cerut alta.

Robotul chinez a dat volumul la maxim. Senzația era că dintr-odată benzinăria cea uitată de lume devenise o discotecă din New York. Câteva femei țineau ritmul bătând din palme, altele încercau să vorbească țipând în mijlocul acelei harababuri teribile.

Numai una nu se mișca, n-o interesa nici o discuție, nici ritmul muzicii, nici cafeaua de dimineață.

Își pironise privirea asupra lui Paulo. Iar Paulo, cu bărbia sprijinită de mâna stângă, înfrunta privirea femeii.

Se uită și Chris la ea. Părea că este cea mai în vârstă – cu părul roșcat, buclat, lung.

Simți un ghimpe în inimă. Ceva straniu, foarte straniu se petrecea acolo, deși nu putea să-și explice ce anume. Poate din cauză că privise zarea în toate zilele acelea sau că se antrenase pentru conectare vedea lumea din jur altfel. Au asaltat-o presentimentele – erau acolo, prezente, și se manifestau.

S-a prefăcut că nu observă cum se priveau cei doi. Dar inima îi trimitea semne ciudate – și nu știa dacă sunt bune sau rele.

„Avea dreptate Took“, își spunea Paulo. „A spus că e foarte ușor să intri în contact cu ele.“

Curând, celelalte Walkirii au observat că se întâmpla ceva. Mai întâi au văzut-o pe cea mai în vârstă și apoi, urmărindu-i privirea, au observat masa la care stăteau Paulo și Chris. Acum nu mai vorbea nimeni, nu mai urmau cu trupul ritmul muzicii.

— Stinge radioul, îi spuse cea mai bătrână chinezului.

Ca de fiecare dată, acesta s-a supus imediat. Acum, singurul zgomot care se mai auzea era sfârâitul ouălor și a șuncii pe plită.

Cea mai în vârstă s-a ridicat și s-a îndreptat spre masă. A rămas în picioare, lângă cei doi. Celelalte urmăreau scena.

— De unde ai luat inelul ăsta? îl întrebă.

— Din același magazin de unde ai cumpărat dumneata broșa, răspunse el.

Abia atunci Chris a observat o broșă de metal prinsă de jacheta de piele. Avea același model ca inelul pe care Paulo îl purta pe inelarul mâinii stângi.

„De asta stătea el cu mâna la bărbie."

Ea văzuse multe inele din Tradiția Lunii – de toate culorile, din felurite metale și de toate mărimile – întotdeauna în formă de șarpe, simbolul înțelepciunii. Dar niciodată nu văzuse ceva atât de asemănător cu al soțului ei. Una dintre primele măsuri de prevedere pe care J. le luase fusese să-i dea inelul acela, spunându-i că în felul acesta el completa „Tradiția Lunii, un ciclu pe care frica nu l-a întrerupt niciodată". Era anul 1982, iar ea era cu Paulo în Norvegia.

Iar acum, în plin deșert – o femeie cu o broșă. Același desen.

„Femeile sunt mereu atente la bijuterii."

— Ce vrei? întrebă roșcata iar.

Paulo se ridicase și el în picioare. Se priveau amândoi, față în față. Inima lui Chris se strânse și mai tare – era absolut sigură că nu din gelozie.

— Ce vrei? repetă ea.

— Să vorbesc cu îngerul meu. Și încă ceva.

I-a luat mâna lui Paulo. Și-a trecut degetele peste inel și, pentru prima oară la femeia aceea a apărut o trăsătură feminină.

— Dacă ți-ai cumpărat inelul ăsta din același magazin ca și mine, înseamnă că trebuie să știi cum se face – spuse, privind fix șarpele de metal. Dacă nu l-ai cumpărat, vinde-mi-l. E o bijuterie frumoasă.

Nu era o bijuterie. Era doar un inel de argint, cu un model foarte simplu.

Paulo n-a răspuns.

— Nu știi să vorbești cu îngerul tău, iar inelul ăsta nu-i al tău, îi spuse Walkiria după o vreme.

— Ba da, știu. Prin conectare.

— Mda, așa e, răspunse femeia. Nimic mai mult.

— Am spus că mai vreau ceva.

— Ce?

— Took și-a văzut îngerul. Vreau să-l văd și eu pe-al meu. Să stau de vorbă cu el, față în față.

— Took?

Ochii femeii roșcate au străbătut trecutul, încercând să-și amintească cine era Took, unde trăia.

— Da, acum îmi aduc aminte, spuse. Trăiește în deșert. Tocmai pentru că și-a văzut îngerul.

— Nu. El se pregătește și învață ca să devină Maestru.

— Treaba asta cu văzutul îngerului e pură invenție. E de ajuns să vorbești cu el.

Paulo făcu un pas spre Walkirie.

Chris cunoștea trucul pe care soțul ei îl folosea acum: se numea „destabilizare". În mod obișnuit două persoane stau de vorbă la o distanță de aproximativ un braț. Când una dintre ele se apropie mai mult, raționamentul celeilalte se vede dezorientat, vrea să înțeleagă ce se întâmplă.

— Vreau să-mi văd îngerul.

Era foarte aproape de femeie, pe care n-o scăpa din priviri.

— De ce?

Walkiria părea intimidată. Trucul dăduse rezultate.

— Pentru că sunt disperat și am nevoie de ajutor. Am cucerit lucruri importante pentru mine, dar o să le distrug pentru că-mi spun că nu mai au nici un rost. Știu că e o minciună, că ele continuă să fie importante și că, dacă le distrug, o să mă distrug și pe mine.

Vorbea cu o voce egală, fără a arăta nici un fel de emoție față de ceea ce spunea.

— Când am descoperit că pentru a vorbi cu îngerul conectarea e de ajuns, nu m-a mai interesat deloc. Nu mai era o provocare, era un lucru pe care-l cunoșteam foarte bine. Atunci mi-am dat seama că drumul meu spre magie era cât p-aci să se sfârșească. Necunoscutul îmi devenise prea familiar.

Chris era surprinsă de confesiune, făcută într-un loc public, unor persoane pe care nu le mai văzuse niciodată.

— Ca să merg mai departe pe drumul ăsta am nevoie de ceva mai important, conchise el. Am nevoie de munți din ce în ce mai înalți.

O clipă, Walkiria rămase tăcută. Și ea era surprinsă de discuția cu străinul.

— Dacă eu te învăț să-ți vezi îngerul, dorința de a căuta munți din ce în ce mai înalți ar putea să dispară, spuse, într-un târziu. Și asta nu e totdeauna bine.

— Nu, n-o să dispară niciodată. Ceea ce va pieri va fi ideea asta că munții cuceriți sunt prea mici. Îmi voi ține aprinsă iubirea pentru ceea ce am obținut. Asta încerca maestrul meu să-mi spună.

„Poate că vorbește și de căsnicia noastră", gândi Chris.

Walkiria îi întinse mâna lui Paulo.

— Numele meu este M., spuse ea.

— Numele meu este S., răspunse Paulo.

Chris se sperie. Paulo își dăduse numele magic! Puțini, foarte puțini cunoșteau secretul acesta, fiindcă singura posibilitate de a-i face rău unui mag era să-i folosești numele magic. De aceea, numai cei de absolută încredere îl puteau cunoaște.

Paulo abia o cunoscuse pe femeia aceea. Nu se putea să aibă atâta încredere în ea.

— Până una, alta, poți să-mi spui Wahalla, spuse roșcata.

„Asta amintește de paradisul viking", și-a spus Paulo în timp ce și el îi spunea numele de botez.

Roșcata părea ceva mai relaxată. Pentru prima oară privi înspre Chris, care stătea așezată la masă.

— Ca să vezi un înger îți trebuie trei lucruri, continuă roșcata, întorcându-se spre Paulo, de parcă Chris nu mai exista. Și, pe lângă aceste trei lucruri, îți mai trebuie și curaj. Curaj de femeie, curaj adevărat. Nu curaj de bărbat.

Paulo s-a prefăcut că nu dă importanță vorbelor.

— Mâine-dimineață vom fi aproape de Tucson, spuse Wahalla. Vino să ne întâlnești la prânz, dacă inelul dumitale e original.

Paulo s-a dus până la mașină, a luat harta și Wahalla i-a arătat locul exact de întâlnire. Chinezul a pus pe masă ouăle și șunca, iar o Walkirie i-a atras atenția roșcatei că i se răcise cafeaua. Atunci ea s-a întors la locul ei, pe terasă, și i-a cerut chinezului să dea iar drumul la radio.

— Care sunt cele trei condiții necesare ca să vorbesc cu un înger? întrebă el când ea se pregătea să plece.

— Să rupi un pact. Să ierți pe cineva. Și să faci un rămășag, i-a răspuns Wahalla.

Privi orașul ce se întindea în fața lor. Pentru prima oară în trei săptămâni se aflau într-un hotel adevărat – cu room-service, bar și cafeaua de dimineață adusă la pat.

Era după-amiază, se făcuse șase – ora când obișnuia să practice exercițiul de conectare. Numai că Paulo dormea adânc.

Chris știa că întâlnirea din dimineața aceea de la benzinărie schimbase tot; dacă mai voia să vorbească cu îngerul ei, trebuia să facă totul de una singură.

Vorbiseră puțin pe drumul spre Tucson. Ea se mulțumise să-l întrebe de ce își spusese numele magic. Paulo i-a răspuns că Wahalla și-l dăduse pe al ei – ca o demonstrație de curaj și încredere –, iar el nu putea rămâne mai prejos.

Poate că așa era. Dar Chris credea că încă din noaptea aceea, Paulo avea s-o cheme ca să vorbească cu ea.

Era femeie, intuia lucruri de care bărbații habar nu aveau.

A coborât, s-a dus la recepție și a întrebat unde era cea mai apropiată librărie. Nu exista așa ceva.

Trebuia să meargă cu mașina până la un centru comercial.

Stătu în cumpănă, pe gânduri. Se hotărî să suie și să ia cheile mașinii. Erau într-un oraș mare; dacă Paulo se trezea, avea să-și spună, ca orice bărbat: e femeie, s-a dus să dea o raită prin magazine.

S-a rătăcit de câteva ori, dar până la urmă a descoperit un centru comercial uriaș (sau un mall, cum i se spunea pe aici). Un magazin avea un atelier de copiat chei – iar ea a cerut să i se facă una.

Voia să aibă și ea una. Pentru mai multă siguranță.

Apoi a căutat librăria. A răsfoit o carte și a găsit ceea ce căuta.

Walkirii: nimfe din palatul lui Wotan.

Habar nu avea cine era Wotan. Dar nu era important.

Soli ai zeilor, conduceau eroii spre moarte – și apoi, în Paradis.

Soli. Ca și îngerii. Moarte și Paradis. La fel, ca și îngerii.

Îi înflăcărează pe luptători prin dragostea pe care farmecul lor o trezește în sufletele lor și prin exemplul de bravură în bătălii, călărind întotdeauna armăsari iuți ca fulgerul și asurzitori ca uraganul.

Nici că puteau alege un nume mai bun, gândi ea.

Simbolizează beția curajului și, în același timp, odihna războinicului, aventura dragostei în luptă, întâlnirea și pierderea.

Da, fără îndoială, Paulo voia să vorbească cu ea.

Au coborât să ia cina într-un restaurant aproape de hotel, deși Paulo insistase foarte mult să iasă puțin, să vadă și ei orașul acela mare, înfipt în plin deșert. Dar Chris i-a spus că e obosită – voia să se culce devreme, să profite de confortul hotelului.

În timpul cinei au vorbit numai banalități. Paulo era exagerat de drăguț – ea-și cunoștea soțul, știa că nu căuta decât momentul oportun. Și s-a prefăcut că era foarte atentă la tot, și-a arătat entuziasmul când el i-a spus că în Tucson există cel mai complet muzeu al deșertului.

El a fost mulțumit de interesul ei. Încântat, i-a povestit că acolo se puteau vedea coioți, cobre, scorpioni – totul în deplină siguranță și cu informații serioase despre fiecare exponat. Se putea petrece o zi întreagă acolo.

Ea i-a răspuns că i-ar plăcea să viziteze muzeul acela.

— Du-te mâine-dimineață, îi sugeră Paulo.

— Dar Wahalla a fixat întâlnirea la prânz.

— Dar nu trebuie să vii și tu.

— Ce oră ciudată, comentă ea. Nimeni nu umblă prea mult prin deșert la prânz. Noi am aflat asta pe pielea noastră.

Și lui Paulo i s-a părut ciudat. Dar nu voia să piardă ocazia; îi era teamă ca nu cumva Wahalla să se răzgândească, cu tot inelul și cu tot ce vorbiseră.

Apoi el a schimbat vorba, iar Chris savura neliniștea soțului. Au mai vorbit de una, de alta încă puțin. Au băut o sticlă întreagă de vin, așa că somnul a venit repede. Paulo a propus să suie imediat la ei în apartament.

— Nu știu dacă ar trebui să vii și tu mâine, spuse el, strecurând fraza printre alte banalități.

Savurase din plin tot ce voia – mâncarea, locul, neliniștea lui Paulo. Îi plăcea să-și confirme sieși că-l cunoștea bine pe bărbatul de lângă ea. Dar acum chiar era târziu, era momentul să se arate fermă în privința asta.

— Vin cu tine. Sunt hotărâtă.

El s-a supărat. I-a spus că e geloasă și strică totul.

— Geloasă pe cine?

— Pe Walkirii. Pe Wahalla.

— Ce prostie!

— Dar asta este căutarea *mea*. Te-am luat cu mine pentru că voiam să fiu lângă tine, dar există unele lucruri pe care trebuie să le fac singur.

— Vreau să merg cu tine, insistă ea.

— Magia n-a însemnat nimic pentru tine. Atunci de ce...?

— Pentru că am început-o. Și am cerut să nu fiu părăsită în mijlocul drumului, răspunse, punând astfel punct discuției.

Domnea o tăcere absolută.

Chris înfrunta privirea femeii de ceva vreme.

Toți – inclusiv Paulo – aveau ochelari negri.

Toți – mai puțin ea și Wahalla. Își scosese ochelarii pentru ca Walkiria să știe că îi înfruntă privirea.

Minutele se scurgeau și nimeni nu scotea un sunet. Singurul cuvânt pronunțat la întâlnirea aceea fusese un „Bună!" al lui Paulo, când se întâlniseră. Salutul rămăsese fără răspuns. Wahalla se apropiase și se oprise înaintea lui Chris.

Și din clipa aceea nu se mai petrecuse nimic.

„Douăzeci de minute", își spuse. Dar nu știa exact cât timp trecuse. Strălucirea soarelui, căldura și tăcerea creaseră confuzie în mintea ei.

A încercat să-și abată puțin atenția la altceva. Se aflau la poalele unui munte – ce bine, deșertul avea iar munți! În spatele Wahallei se afla o intrare săpată în stâncă. Încercă să-și închipuie unde putea duce poarta aceea, și așa și-a dat seama că nu prea mai reușea să gândească. La fel ca atunci când se întorseseră de la lacul de sare.

Celelalte Walkirii stăteau în semicerc, călare pe caii ce stăteau încremeniți; aveau pe cap basmale legate la spate, după obiceiul țiganilor și piraților. Wahalla era singura cu capul descoperit – basmaua ei era la gât. Parcă nu-i păsa deloc de soare.

Nimeni nu asudase – uscăciunea aerului era așa de mare, încât orice lichid se evapora instantaneu, așa cum le explicase și Took. Chris știa că se deshidratau foarte repede.

Deși băuse apă până nu mai putuse, deși se pregătise pentru a merge în deșert la prânz. Deși nu era dezbrăcată.

„Numai asta mă dezbracă din ochi", gândi ea. „Nu ca bărbații pe stradă, ci în felul – în felul ăla groaznic în care o fac femeile când..."

Exista o limită. Nu știa care era, nici cum, nici când, dar peste puțin timp soarele va începe să facă rău. Numai că toți continuau să stea nemișcați – și toate astea se petreceau din cauza ei, fiindcă ea insistase să stea pe aproape – *soli ai zeilor, îi conduceau pe eroi spre moarte și în Paradis.*

Făcuse o prostie, dar acum era târziu. Venise pentru că îngerul ei îi ceruse; acesta îi spusese că Paulo va avea nevoie de ea în după-amiaza aceea.

„Nu, n-a fost o prostie. El a insistat să vin", își spuse ea.

Îngerul ei – vorbea cu el! Nimeni nu știa – nici măcar Paulo.

A început să se simtă slăbită, și era sigură că în scurt timp o să leșine. Dar o să meargă până la sfârșit – și nu mai era vorba să fie lângă soțul ei, să se supună îngerului, să fie geloasă. Acum era vorba despre orgoliul unei femei în fața alteia.

— Pune-ți ochelarii, spuse Wahalla. Lumina asta poate să orbească.

— Dumneata n-ai ochelari, îi răspunse. Și nu ți-e frică.

Wahalla făcu un semn. Și deodată soarele păru că își sporește înzecit lumina.

Walkiriile se așezaseră în așa fel încât soarele se reflecta în metalul harnașamentelor, și-i îndreptaseră razele spre chipul ei. Ea văzu un semicerc orbitor, își strânse puțin pleoapele, dar nu-și luă ochii de la Walkirie.

Dar acum n-o mai putea vedea bine. Ea părea să crească neîncetat, iar confuzia în mintea lui Chris era din ce în ce mai mare. A simțit cum era să cadă, și în clipa aceea brațele acoperite de jacheta de piele au sprijinit-o.

Paulo văzuse cum o prinsese Wahalla în brațe pe soția lui. Ar fi putut să evite toate astea. Ar fi putut să insiste să rămână la hotel – nu conta ce ar fi crezut ea. Din clipa în care văzuse broșa știuse că Walkiriile aparțineau Tradiției.

Și ele îi văzuseră inelul, și știau că și el trecuse prin multe încercări – era greu să-l sperii. Dar ar fi făcut orice ca să încerce stofa oricărui străin care s-ar fi apropiat de grup. Cum era nevasta lui, de pildă.

Numai că nici ele, nici oricine altcineva n-o puteau împiedica pe Chris să afle ceea ce știau. Făcuseră un jurământ: tot ce era ocult trebuia să fie revelat.

Lui Chris îi era pusă acum la încercare prima mare virtute necesară oricui caută o cale spirituală: curajul.

— Ajută-mă, spuse Walkiria.

Paulo s-a apropiat și a ajutat-o s-o sprijine pe Chris. Au dus-o până la mașină și au așezat-o pe bancheta din spate.

— Nu-ți face griji. O să-și revină în câteva clipe. O s-o doară capul îngrozitor.

El nu-și făcea griji. Era mândru.

Wahalla s-a dus la calul ei și a venit cu o ploscă. Paulo a observat că și ea își pusese ochelarii de soare – probabil că nici ea nu mai putea.

I-a turnat apă în cap lui Chris, pe încheietura mâinilor și pe ceafă, până după urechi. Ea a deschis ochii, a clipit puțin și s-a ridicat în capul oaselor.

— Să rupi un pact, spuse, privind-o pe Walkirie.

— Ești o femeie interesantă, răspunse Wahalla, mângâind-o pe față. Pune-ți ochelarii.

Wahalla îi mângâia părul lui Chris. Dar, chiar dacă acum amândouă purtau ochelari, Paulo știa că se priveau fix în continuare.

Au mers până la ciudata poartă din munte. Aici, Wahalla s-a întors spre celelalte Walkirii.

— Pentru dragoste. Pentru victorie. Pentru gloria lui Dumnezeu.

Cuvintele celor care cunoșteau îngeri. Aceeași frază auzită de la J.

Caii, până atunci liniștiți și nemișcați, au început să se agite. Un nor de praf a acoperit locul, Walkiriile făceau același joc ca și la benzinărie, trecând foarte aproape una de alta și, după câteva minute, au dispărut printr-o parte a muntelui.

Wahalla s-a întors spre ei:

— Hai să intrăm, spuse ea.

Nu era o poartă, ci o intrare zăbrelită. Deasupra, o tăbliță:

PERICOL
GUVERNUL FEDERAL INTERZICE
INTRAREA.
INFRACTORII VOR FI PEDEPSIȚI

— Să nu credeți, spuse Walkiria. N-au cum să supravegheze asta.

Era o mină de aur abandonată. Wahalla avea o lanternă – și au început să meargă cu grijă ca să nu se lovească cu capul de grinzile tavanului. Paulo a observat ici-colo grămăjoare de pământ surpat. Poate că era chiar periculos – dar nu era momentul să se gândească la asta.

Pe măsură ce avansau, temperatura scădea, până ce a ajuns chiar plăcută. Îi fu teamă să nu rămână fără aer, dar Wahalla părea să cunoască foarte bine locul – fusese probabil de multe ori acolo, și încă mai era în viață. Dar nici la asta nu era momentul să se gândească.

După zece minute de mers, Walkiria s-a oprit. S-au așezat pe jos, în cerc, iar ea a pus lanterna în mijloc.

— Îngeri... vorbi ea. Îngerii devin vizibili pentru cine acceptă lumina. Și rupe pactul cu tenebrele.

— N-am nici un pact cu tenebrele, răspunse Paulo. Am avut. Dar nu mai am.

— Nu vorbesc de pactul cu Lucifer, sau cu Satana, sau cu... – și deodată ea începu să pronunțe numele mai multor demoni, iar chipul îi devenise foarte straniu.

— Nu mai pomeni numele astea, o întrerupse Paulo. Dumnezeu este în cuvinte, dar și demonul este.

Wahalla a râs.

— Se pare că ai învățat lecția. Acum rupe pactul.

— Nu am nici un pact cu răul, repetă el.

— Vorbesc de pactul despre înfrângere.

Paulo și-a amintit ce-i spusese J. – omul distrugea întotdeauna ceea ce iubea mai mult. Dar J. nu vorbise despre nici un pact; îl cunoștea pe Paulo îndeajuns pentru a ști că pactul lui cu răul fusese rupt de mult. Liniștea din mină era mai rea decât aceea a deșertului. Nu se auzea absolut nimic, numai vocea Wahallei, care suna ciudat.

— Avem un pact cu noi: să nu învingem, dacă victoria e posibilă, a insistat ea.

— N-am făcut niciodată vreun asemenea pact, spuse Paulo pentru a treia oară.

— Toți facem. Într-un anume moment al vieții, cu toții am făcut acest pact. De aceea există un înger cu o sabie de foc la intrarea în Paradis. Pentru a-i lăsa să intre numai pe cei care au rupt această înțelegere.

Da, avea dreptate, își spuse Chris. Toți am făcut pactul.

— Ce crezi, sunt frumoasă? întrebă Wahalla, schimbând iar tonul vocii.

— Da, ești drăguță, răspunse Paulo.

— Odată, în adolescență, mi-am văzut cea mai bună prietenă plângând. Eram tot timpul împreună, ne iubeam nespus de mult – și am întrebat-o ce s-a întâmplat. După multe insistențe mi-a povestit că iubitul ei se îndrăgostise de mine. Eu nu știam, dar în ziua aceea am făcut pactul cu mine însămi. Fără să înțeleg prea bine de ce, am început să mă îngraș, să nu mai am grijă de mine, să mă urâțesc. Pentru că – inconștient – credeam că frumusețea mea era un blestem care a făcut-o să sufere pe cea mai bună prietenă a mea.

În scurt timp am ajuns să distrug chiar sensul vieții, pentru că nu mă mai interesa nici propria mea persoană. Am ajuns până acolo încât totul a devenit insuportabil; m-am gândit la moarte.

Wahalla râse.

— Dar, după cum vezi, am rupt pactul.

— E adevărat, spuse Paulo.

— Da, e adevărat, spuse și Chris. Ești drăguță.

— Ne aflăm în măruntaiele muntelui, zise Walkiria. Afară strălucește soarele, iar aici e întuneric. Dar temperatura e plăcută, putem dormi; nu trebuie să ne facem nici un fel de grijă. Aici este întunecimea Pactului.

Și-a dus mâna la fermoarul jachetei de piele.

— Să rupi pactul, spuse. Pentru gloria lui Dumnezeu. Pentru dragoste. Și pentru victorie.

A început să desfacă fermoarul încet. Nu avea nimic pe dedesubt. Au apărut sânii.

Iar lumina lanternei făcea să strălucească, între ei, o medalie de aur.

— Ia-o, spuse.

Paulo a atins medalia. Arhanghelul Mihail.

— Scoate-mi-o de la gât.

El îi scoase medalia și rămase cu ea în mână.

— N-am nevoie să-mi văd îngerul! Era prima oară când Chris vorbea de când intraseră în mină: N-am nevoie, îmi e de ajuns să vorbesc cu el!

Paulo se oprise cu medalia în mână.

— Am început deja să vorbesc, continuă Chris. Știu că pot, și asta îmi e de ajuns.

Paulo n-o crezu. Dar Wahalla știa că era adevărat; îi citise în privire, când erau afară. Știa și că îngerul îi ceruse să vină acolo, împreună cu soțul.

Dar trebuia totuși să-i pună curajul la încercare. Era regula Tradiției.

— Bine, spuse Walkiria.

Cu o mișcare iute, a stins lanterna. Întunericul era deplin.

— Pune-ți șnurul pe după gât, îi spuse lui Paulo. Și apucă medalia cu mâinile împreunate, ca pentru rugăciune.

Paulo a făcut ce i se cerea. Îi era teamă de întunericul acela atât de adânc; își amintea lucruri pe care le voia uitate.

A simțit că Wahalla se apropie prin spatele lui. Mâinile ei au atins creștetul lui Paulo.

Bezna părea solidă. Nimic, nici un firicel de lumină nu pătrundea până aici.

Wahalla a început să facă o rugăciune într-o limbă ciudată. Mai întâi el a încercat să înțeleagă ce spunea. Apoi, pe măsură ce degetele ei îi treceau peste creștet, Paulo a simțit că medalia începe să frigă. S-a concentrat atunci asupra căldurii din mâinile lui.

Întunericul se schimba. Diferite scene din viața lui au început să-i defileze pe dinaintea ochilor. Lumini și umbre, lumini și umbre și, dintr-odată, iarăși beznă.

— Nu vreau să-mi amintesc de asta... îi ceru Walkiriei.

— Amintește-și. Orice ar fi, încearcă să-ți aduci aminte de fiecare clipă.

Bezna îi arăta grozăvii. Grozăvii petrecute acum paisprezece ani.

Pe noptieră era un bilet. „Te iubesc. Vin repede." Dedesubt, ea pusese data: „25 mai 1974".

Ce nostim. Să pui dată la un bilețel de dragoste.

Se trezise cam amorțit, uimit încă de vis. În el, directorul casei de discuri îi oferea un post. Nu avea nevoie de loc de muncă: directorul casei de discuri era de fapt angajatul lui – al lui și al asociatului lui. Discurile se aflau în top, vindeau mii de exemplare și primeau scrisori din toate colțurile Braziliei. Oamenii voiau să știe ce era Societatea Alternativă.

„E de ajuns să fii atent la textul cântecelor", își spuse el. Nu era un cântec – era o „mantra" de ritual magic, cu cuvintele Fiarei din Apocalipsă pe fundal, pronunțate încet. Cel care cânta melodia aceea invoca forțele Întunericului. Și toți o cântau.

El și asociatul lui pregătiseră tot. Banii obținuți din drepturile de autor fuseseră folosiți pentru cumpărarea unui teren aproape de Rio de Janeiro. Acolo, fără știința guvernului militar, refăcuseră ceea ce, cu aproape o sută de ani înainte, Fiara încercase să facă la Cefalú, în Sicilia. Dar atunci Fiara fusese alungată de autoritățile italiene.

Greșise cu mai multe lucruri – nu reușise să adune un număr suficient de discipoli, nu știa cum să câștige bani. Le spusese tuturor că numărul ei era 666, că avea să facă o lume în care cei puternici vor fi slujiți de cei slabi și unde singura lege va fi legea bunului plac. Dar nu știuse să-și răspândească bine ideile – puțini îi luaseră vorbele în serios.

Cu el și cu asociatul lui – Raul Seixas –, ei bine, lucrurile stăteau cu totul altfel! Raul cânta, o țară întreagă îl asculta. Erau tineri și strânseseră o grămadă de bani. Desigur, Brazilia trăia sub o dictatură militară, dar guvernul avea grija gherilei, nu a lor. Nu avea să-și piardă timpul cu un cântăreț rock; ba dimpotrivă, autoritățile credeau că asta o să-i țină pe tineri departe de comunism.

Și-a turnat o cafea și s-a dus la fereastră. Avea să iasă puțin, apoi să se întâlnească cu asociatul. Nu avea nici o importanță că pe el nu-l cunoștea nimeni, că doar prietenul lui era celebru. Important era că putea să câștige bani, asta avea să-i dea voie să-și pună în practică ideile. Oamenii din lumea muzicii și oamenii din cercul magiei – ah, aceștia știau! Anonimatul pentru marele public era chiar amuzant – nu o dată savurase plăcerea de a vedea pe cineva vorbind despre munca lui fără să-și dea seama că era acolo și asculta.

S-a întors ca să-și pună tenișii. Când s-a aplecat, a simțit o amețeală.

A ridicat capul. Apartamentul părea mai întunecat ca de obicei. Afară era soare, tocmai se întorsese de la fereastră. Ceva ardea – un aparat electric poate, fiindcă plita era stinsă. S-a uitat prin toate colțurile. Nimic.

Aerul era greu. S-a hotărât să iasă repede – s-a încălțat cu tenișii fără să-și mai lege șireturile și pentru prima oară a acceptat faptul că se simțea rău.

„Poate am mâncat ceva greu", își spuse. Dar când mânca ceva ce nu-i pria, tot trupul dădea semne de indigestie, știa asta foarte bine. Nu îi era greață, nici nu-i venea să vomite. Simțea numai o amorțeală care nu voia să treacă.

Întuneric. Întunecimea creștea din ce în ce, parcă era un nor de cenușă în jurul lui. Iar simți amețeala. Da, trebuie că era ceva ce nu-i priise – sau poate efectul întârziat al acidului, își spuse. Dar nu mai lua LSD de aproape cinci ani. Efectele întârziate dispăruseră după șase luni și nu mai simțise nimic de atunci.

Îi era frică, trebuia să iasă.

A deschis ușa – când îl lua amețeala, când îl lăsa, așa că i se putea întâmpla ceva rău pe stradă. Era periculos să plece, mai bine rămâne acasă și așteaptă. Biletul acela era tot pe masă – ea avea să se întoarcă repede – putea să o aștepte. Ar pleca împreună până la o farmacie sau până la un medic, deși îi era silă de doctori. Nu putea fi nimic grav. Nimeni nu are atac de cord la 26 de ani.

Nimeni.

S-a așezat pe canapea. Trebuia să-și distragă atenția, să nu se mai gândească la ea – altfel timpul ar fi trecut mai greu. A încercat să citească ziarul, dar amețeala, toropeala apăreau când și când, dar mereu mai puternice. Ceva părea să-l împingă într-o gaură neagră care parcă se formase în mijlocul încăperii. A început să audă zgomote – râsete, voci, ceva care se spărgea. Nu i se întâmplase niciodată așa ceva, niciodată! De câte ori lua ceva, știa că e drogat, că are o halucinație care va trece. Dar ceea ce i se întâmpla acum era îngrozitor de real!

Nu, nu putea fi adevărat. Realitatea erau covoarele, draperia, biblioteca, noptiera cu resturi de pâine pe ea. A făcut un efort pentru a se concentra asupra scenei care-l înconjura, dar senzația de gaură neagră din fața lui – râsetele, vocile – totul continua.

Cu certitudine, nu se întâmpla nimic din toate astea. Practicase magia timp de șase ani. Îndeplinise toate ritualurile. Știa că nu era decât autosugestie, efect psihologic – totul era un joc al imaginației – nimic mai mult.

Panica a crescut, amețeala era îngrozitoare – îl împingea afară din trup spre o lume întunecată, spre râsetele acelea, vocile acelea, zgomotele – atât de reale!

„Nu am voie să-mi fie frică. Frica le face să se întoarcă."

A încercat să se controleze, s-a dus la chiuvetă și și-a dat cu apă pe față. S-a simțit mai bine, senzația parcă se sfârșise. Și-a pus tenișii și a încercat să uite tot. S-a gândit dacă să-i povestească asociatului lui că intrase într-o transă și avusese un contact cu demonii.

Dar numai ce i-a trecut asta prin cap, și amețeala a și apărut – îngrozitoare!

„Vin imediat", spunea biletul – și ea nu mai apărea!

„N-am avut niciodată rezultate concrete în plan astral." Nu văzuse niciodată nimic. Nici îngeri, nici demoni, nici spiritele morților. Fiara scrisese în jurnal că materializa lucruri, dar era o minciună, Fiara nu ajunsese până acolo, el știa asta. Fiara ratase tot. Lui îi plăceau ideile ei pentru că erau rebele, șic, puțini oameni auziseră despre ele. Iar

oamenii îl respectă întotdeauna pe acela care spune lucruri de neînțeles. În rest – Hare Krishna, Copiii Domnului, Biserica lui Satan, Maharishi – toată lumea le știa. Fiara însă – Fiara numai pentru cei aleși era! „Legea celui mai tare" spunea ea undeva. Fiara se afla pe coperta albumului Sargent Pepper's, *unul dintre cele mai cunoscute ale Beatleșilor – și aproape nimeni nu știa. Poate că nici Beatleșii n-au știut ce fac atunci când au pus poza aia acolo.*

Telefonul a început să sune. Poate era iubita lui. Dar, dacă îi scrisese „vin imediat", de ce să mai telefoneze?

Numai să nu se fi întâmplat ceva.

De asta nu venise. Acum amețeala revenea la intervale mai scurte, și dintr-odată totul era negru. Știa – ceva îi spunea – că nu trebuia să lase senzația aceea să pună stăpânire pe el. Se putea întâmpla ceva groaznic – putea intra acolo, în bezna aceea, și să nu mai iasă niciodată. Trebuia să se controleze – cu orice preț – trebuia să-și ocupe mintea ca să nu-l mai domine ceea ce se întâmpla.

Telefonul. Se concentră asupra telefonului. Să vorbească, să-și țină mintea ocupată, să o ducă cât mai departe de bezna aceea – telefonul acela era un miracol, o scăpare. Știa asta. Știa, cumva, că nu se putea lăsa dominat. Trebuia să răspundă la telefon.

— Alo!

Era vocea unei femei. Dar nu era iubita lui – era Argéles.

— Paulo?

El tăcea.

— Paulo, mă auzi? Trebuie să vii aici, la mine acasă! Se petrece ceva ciudat!

— Ce se petrece?

— Tu știi ce, Paulo! Explică-mi, pentru numele lui Dumnezeu!

A închis, înainte de a auzi ceea ce nu voia. Nu era efectul întârziat al drogurilor. Nu era un simptom de nebunie. Nu era un atac de inimă. Era real. Argéles participa și ea la ritualuri, și „chestia aia" i se întâmpla și ei.

A intrat în panică. A stat câteva clipe cu mintea golită de gânduri, iar bezna punea stăpânire încet-încet pe el, venise din ce în ce mai aproape, îl adusese pe malul lacului morții.

Avea să moară – pentru tot ce făcuse, pentru că implicase atâta lume, fără știrea ei, pentru că răspândise atâta rău sub aparența binelui. O să moară, iar Tenebrele existau, pentru că se manifestau acum, înaintea ochilor lui, arătând că lucrurile aveau să funcționeze într-o zi, aveau să-și ceară prețul pentru timpul cât fuseseră folosite, iar el trebuia să plătească – fiindcă nu voise să știe prețul dinainte, se gândise că e gratis, că totul e minciună sau autosugestie!

Își aduse aminte de anii petrecuți în colegiul iezuit, și atunci ceru putere să poată ajunge la o biserică, să implore iertare, să-i ceară lui Dumnezeu să-i salveze sufletul. Trebuia să reușească. Numai să-și țină mintea ocupată, numai așa reușea să-și stăpânească puțin amețeala. Avea nevoie de ceva timp ca să ajungă până la biserică... Ce idee stupidă!

Privi biblioteca. Voia să știe câte discuri avea – în fond, totdeauna amânase măsura asta de prevedere! Da, era foarte important să știe exact numărul de discuri, așa că începu să numere: unu, doi, trei... reușea! Reușea să stăpânească amețeala, gaura neagră care voia să-l înghită. A numărat toate discurile – și a luat-o de la capăt, ca să vadă dacă nu greșise. Apoi cărțile. Trebuia să numere, să afle exact câte cărți avea. A început să numere. Amețeala s-a oprit, avea multe cărți. Și reviste. Și ziare. O să numere tot, să-și noteze pe o bucată de hârtie, să știe exact câte lucruri avea. Era foarte important.

Număra tacâmurile din casă când cheia s-a învârtit în ușă. În sfârșit, ea venise. Dar nu putea să se întrerupă – nici măcar nu putea să vorbească despre ceea ce se petrece; la un moment dat avea să se termine totul. Era sigur de asta.

A venit direct în bucătărie și l-a îmbrățișat plângând.

— Ajută-mă... mi se întâmplă ceva ciudat. Tu știi ce este, ajută-mă!

El nu voia să piardă șirul la numărătoarea tacâmurilor – asta era salvarea lui. Să-și țină mintea ocupată. Ar fi fost mai bine să nu fi venit – nu-l ajuta cu nimic. Ba mai și gândea ca Argéles – că el știe tot, că știe cum să oprească toată chestia aia.

— Ține-ți mintea ocupată! îi strigă – parcă era posedat. Du-te și numără câte discuri avem! Și câte cărți!

Ea-l privea fără să înțeleagă. Ca un robot, s-a îndreptat spre bibliotecă.

Dar n-a reușit să ajungă acolo. S-a aruncat dintr-odată la pământ.

— Vreau la mama... suspina încet. Vreau la mama...

Și el voia să fie cu părinții, să le ceară ajutor părinților pe care nu-i vedea niciodată, care aparțineau lumii burgheze, de mult părăsită. A încercat să continue număratul tacâmurilor, dar ea stătea lângă el plângând ca un copil, smulgându-și părul.

Era prea mult. Era responsabil pentru ce se întâmpla, pentru că o iubea și o învățase ritualurile, o asigurase că va obține tot ce vrea, că lucrurile se vor îndrepta pe zi ce trece (cu toate că nici o clipă nu crezuse ce spune!). Și acum ea stătea acolo, cerând ajutor, iar el nu știa ce să facă.

O clipă s-a gândit să-i dea altă sarcină, dar uitase câte tacâmuri avea și gaura neagră apăru iar, amenințătoare.

— Ajută-mă tu, spuse. Eu nu mai știu ce să fac.

Și începu să plângă.

Plângea de frică, la fel ca în copilărie. Îi era dor de părinți, ca și ei. O sudoare rece îl cuprinsese, era sigur că avea să moară. A luat-o de mână – și mâinile ei erau reci, dar hainele erau lac de sudoare. S-au dus la baie ca să-și dea cu apă pe față – așa făceau când efectul drogului era prea puternic. Funcționa și pentru „chestia aia" – știa deja. Holul părea imens, chestia acum părea teribilă – nu mai putea număra discuri, cărți, creioane, tacâmuri. Nu mai avea cum să fugă.

„Apa curgătoare."

Gândul i-a răsărit dintr-un colț îndepărtat al minții, un loc unde se părea că întunericul nu pătrunsese. Apa curgătoare! Da, exista puterea întunericului, delirul, nebunia – dar mai erau și alte lucruri!

— Să curgă apa, îi spuse, în timp ce-și spălau fața. Apa curgătoare îndepărtează răul.

Ea a observat că vocea îi era fermă. El știa, știa tot. Avea s-o salveze.

El a dat drumul la duș și amândoi au intrat – cu haine, acte și bani – sub apă. Apa rece le-a udat trupurile și pentru prima oară de când se trezise a simțit o oarecare ușurare. Amețeala a dispărut. Au stat o oră, două, trei sub apă, fără să vorbească, tremurând de frig și frică. A ieșit de sub duș doar câteva clipe, ca să-i telefoneze lui Argéles și să-i spună să facă același lucru. Amețeala l-a cuprins iar și a trebuit să revină în fugă sub șuvoiul de apă. Acolo totul părea calm, dar avea nevoie să înțeleagă ce se întâmplă.

— N-am crezut niciodată, spuse el.

Ea l-a privit fără să înțeleagă. Cu doi ani înainte erau hipioți fără un ban, iar acum melodiile lui erau ascultate de la un capăt la altul al țării. Se afla pe culmea gloriei – deși puțini îi cunoșteau numele; și spunea că totul era rodul ritualurilor, al studiilor oculte, al puterii magiei.

— N-am crezut niciodată, continuă el. Altfel n-aș fi riscat s-o apuc pe drumul ăsta! N-aș fi riscat pentru mine, n-aș fi riscat pentru tine.

— Fă ceva, pentru numele lui Dumnezeu! îl rugă ea. Nu putem să rămânem aici pentru totdeauna!

A mai ieșit o dată de sub duș, iar a simțit moleșeala, gaura neagră. S-a dus până la bibliotecă și s-a întors cu o Biblie. Avea în casă o Biblie – doar ca să citească partea Apocalipsei, să fie sigur de împărăția Fiarei. Făcea totul după cum cereau adepții Fiarei – dar în fundul sufletului, nu credea în nimic.

— Să ne rugăm lui Dumnezeu, îi ceru. Se simțea ridicol, demoralizat în fața femeii pe care încercase s-o impresioneze toți anii aceia. Era slab, avea să moară, trebuia să se umilească, să ceară iertare. Cel mai important acum era să-și salveze sufletul. Până la urmă, totul era adevărat.

S-au îmbrățișat cu Biblia, iar el a spus rugăciunile pe care le știa din copilărie – Tatăl Nostru, Ave Maria, Crezul. *La început ea a refuzat, dar apoi și-a unit glasul cu al lui.*

Atunci el a deschis cartea la întâmplare. Apa dușului strica paginile, dar el a reușit să citească povestea cuiva care Îi cere ceva lui Iisus, iar El îi cere să creadă. Omul răspunde: „Cred, Doamne, ajută necredinței mele!"

— Cred, Doamne, ajută necredinței mele! strigă el, în susurul apei care curgea neîncetat.

— Cred, Doamne, ajută necredinței mele! spuse și ea încet, printre suspine.

A început să se simtă ciudat de liniștit. Dacă groaznicul rău pe care-l simțiseră exista, atunci era clar că și împărăția cerurilor exista, și alături de aceasta, tot ce învățase și negase de când se știa.

— Există viață veșnică, spuse, deși știa că acum ea nu va mai crede o iotă din ce zicea el. Nu-mi pasă dacă mor. Nici ție nu poate să-ți fie frică.

— Nu mi-e frică, răspunse ea. Nu mi-e frică, dar mi se pare nedrept. Ce păcat.

Aveau 26 de ani. Era într-adevăr păcat.

— Am trăit tot ce poate trăi cineva de vârsta noastră, a răspuns el. Sunt unii care n-au ajuns nici pe departe până aici.

— E adevărat, a spus ea. Putem muri.

El și-a ridicat fața, iar zgomotul șuvoiului de apă îi ajungea în auz precum tunetul. Nu mai plângea, nici nu-i mai era frică; plătea doar prețul îndrăznelii lui.

— Cred, Doamne, ajută necredinței mele, repetă el. Vrem să facem un schimb. Dăm orice, absolut orice, în schimbul salvării sufletelor noastre. Îți dăm viețile noastre, sau tot ce avem. Primește, Doamne.

Ea îl privea cu dispreț. Bărbatul pe care-l admirase atât. Puternicul, misteriosul, curajosul bărbat atât de admirat, care convinsese atâția oameni să intre în Societatea Alternativă, care trâmbița în cele patru zări despre lumea în care totul era permis, în care cei tari îi stăpâneau pe cei slabi, bărbatul acela stătea aici plângând, chemându-și mama, rugându-se ca un copil și spunând că întotdeauna avusese mult curaj – pentru că nu credea în nimic.

El s-a întors spre ea și i-a cerut ca amândoi să privească în sus și să facă schimbul. Ea făcu ce i se spunea. Își pierduse bărbatul, credința, speranța. Nu mai avea nimic de pierdut.

Apoi el a pus mâna pe robinet și a început să-l închidă încet. Acum puteau să moară, Dumnezeu îi iertase.

Șuvoiul de apă s-a transformat în picături, apoi a fost o liniște desăvârșită. Amândoi, uzi leoarcă, se priveau. Amețeala, gaura neagră, râsetele și zgomotele, totul dispăruse.

Stătea agățat de gâtul unei femei și plângea. Mâna ei îi mângâia părul.

— Am făcut pactul ăsta, spuse printre lacrimi.

— Nu, i-a răspuns femeia. A fost un schimb. Schimbul a avut loc.

Paulo a strâns mai tare medalia cu arhanghelul. Da, fusese un schimb – iar pedeapsa a venit și a fost teribilă. Două zile mai târziu, după dimineața aceea din 1974, amândoi erau reținuți de poliția politică braziliană și acuzați de subversiune, din cauza Societății Alternative. A stat într-o celulă întunecată, parcă era gaura neagră pe care-o văzuse pe hol, la el acasă; a fost amenințat cu moartea, a îndurat multe, făcuse un schimb. Când a ieșit, a rupt legătura cu prietena, a fost scos din lumea muzicală pentru multă vreme. Nimeni nu-l angaja, dar fusese un schimb.

Ceilalți din grup nu făcuseră schimbul. Au supraviețuit „găurii negre" și au început să-l facă laș. Și-a pierdut prietenii, siguranța, dorința de viață. Ani întregi a trăit cu frica de a ieși pe stradă – se puteau întoarce amețeala, poliția. Și, culmea nefericirii, după ce a ieșit din închisoare n-a mai văzut-o niciodată pe prietena lui. Uneori îi părea rău de schimbul făcut – era mai bine să moară decât să rămână viu în felul acela. Acum însă era prea târziu ca să mai schimbe ceva.

— Ai făcut un pact, insistă Wahalla. Ce pact ai făcut?

— Am promis să-mi abandonez visele, spuse el.

Timp de șapte ani plătise prețul schimbului, dar Dumnezeu era generos și-i dăduse voie să-și reclădească viața. Directorul studioului muzical, chiar cel pe care îl visase în dimineața aceea de mai, i-a găsit de lucru și a devenit singurul lui prieten. A început iar să compună, dar de fiecare dată când munca lui începea să înflorească, se întâmpla ceva și totul se ducea de râpă.

„Omul distruge ce iubește mai mult", își aduse aminte de ce-i spusese J.

— Mereu am crezut că era parte a schimbului, spuse el.

— Nu, i-a răspuns Wahalla. Dumnezeu a fost sever. Dar tu ai fost mai aspru ca El.

— Am promis să nu mai cresc niciodată sufletește. Am crezut că niciodată n-o să mai fiu sigur pe vorbele mele.

Walkiria i-a luat capul și i l-a apropiat de sânii ei goi.

— Vorbește despre spaime, îi spuse. De spaima pe care am văzut-o lângă tine, când am intrat în restaurant.

— Spaima... Nu știa cum să înceapă, i se părea că vorbește prostii. Spaima nu mă lasă să dorm noaptea, nici să mă odihnesc ziua.

Acum Chris își înțelegea îngerul. Trebuia să fie acolo, să asculte tot, pentru că el nu i-ar fi povestit niciodată...

— ...acum am o soție pe care o iubesc, l-am întâlnit pe J., am făcut sfântul Drum la Santiago și am scris cărți. Sunt din nou fidel viselor mele, aceasta este spaima mea. Pentru că totul merge pe placul meu – și știu că totul va fi distrus în scurt timp.

Era groaznic să spună așa ceva. Nu vorbise niciodată cu nimeni – nici măcar cu sine însuși. Știa că era și Chris acolo și că auzea – și-i era rușine.

— Așa a fost și cu muzica, a continuat el, chinuindu-se să lase cuvintele să iasă. Și tot așa a fost cu tot ce am făcut de atunci. Nimic n-a durat mai mult de doi ani.

A simțit că mâinile Wahallei îi iau medalionul de la gât. S-a ridicat. Nu voia ca ea să aprindă lanterna, nu avea curaj să dea ochii cu Chris.

Dar Wahalla a aprins lanterna și toți trei s-au îndreptat spre ieșire, tăcuți.

— Noi două o să mergem înainte, iar tu rămâi mai în urmă, spuse Wahalla când erau aproape de ieșirea din tunel.

Paulo era sigur că, la fel ca iubita lui de acum paisprezece ani, nici Chris nu va mai avea încredere în el.

— Acum am încredere în ceea ce fac, a încercat să mai spună, înainte ca ele să se depărteze.

Cuvintele sunau ca și când ar fi cerut iertare, ca o justificare.

Nimeni nu i-a răspuns. Au mai făcut câțiva pași, și Wahalla a stins lanterna. Era destulă lumină ca să poată zări drumul.

— Din clipa în care vei pune piciorul afară, spuse Walkiria, jură, pe arhanghelul Mihail, că niciodată – dar NICIODATĂ – n-o să mai ridici mâna împotriva propriei tale persoane.

— Mi-e frică să jur așa ceva, răspunse el. Pentru că nu știu cum să împlinesc jurământul.

— N-ai de ales, dacă vrei să-ți vezi îngerul.

— N-am știut ce-mi făceam mie însumi, și aș putea continua să mă trădez.

— Acum știi, răspunse Wahalla. Iar adevărul eliberează.

Paulo a dat din cap.

— O să mai apară multe probleme în viața ta. Lucruri grele sau doar trecătoare. Dar, începând din clipa asta, numai mâna lui Dumnezeu va fi răspunzătoare pentru tot – tu n-o să te mai amesteci.

— Jur, pe arhanghelul Mihail.

Amândouă au ieșit. El a așteptat puțin, apoi a pornit încet. Stătuse în tenebre destul.

Razele, reflectate în piatră, îi arătau drumul. Era o poartă zăbrelită, o poartă care dădea spre o împărăție interzisă, o poartă care îi dădea fiori – pentru că acolo era împărăția luminii, iar el trăise mulți ani în aceea a tenebrelor. O poartă ce părea închisă, dar pe care, cu toate acestea, cine se apropia o descoperea deschisă.

Poarta luminii se afla în fața lui. Voia să treacă dincolo. Se putea vedea soarele auriu strălucind afară;

n-a vrut să-și pună ochelarii de soare. Avea nevoie de lumină. Știa că arhanghelul Mihail era lângă el, spulberând tenebrele cu lancea lui.

Ani de zile crezuse în mâna implacabilă a lui Dumnezeu, în pedeapsa Lui. Numai că propria lui mână, nu cea a lui Dumnezeu, era aceea care provocase numai distrugeri. Niciodată, câte zile va mai avea, nu va mai face așa ceva.

— Rup pactul, spuse către tenebrele minei și către lumina deșertului. Dumnezeu are dreptul să mă nimicească. Eu n-am acest drept.

Se gândi la cărțile pe care le scrisese și se simți fericit. Anul avea să se sfârșească fără necazuri – fiindcă pactul fusese rupt. Cu siguranță aveau să se mai ivească probleme la muncă, în dragoste, cu căile magiei – lucruri serioase sau trecătoare, cum spusese Wahalla. Dar începând de acum, el avea să lupte alături de îngerul lui păzitor.

— Trebuie că ai făcut un mare efort, îi spuse îngerului. Iar eu, cum-necum, stricam tot, iar tu rămâneai neînțeles.

Îngerul lui îl asculta. Și el știa despre pact, și a fost mulțumit că nu mai trebuia să-și cheltuiască energia pentru a-l opri pe Paulo să se autodistrugă.

Ajungând la deschizătura porții, a ieșit. Soarele auriu l-a orbit pentru multă vreme, dar el a ținut ochii deschiși – avea nevoie de lumină. A zărit siluetele imprecise ale Wahallei și ale lui Chris, care se apropiau.

— Pune-ți mâna pe umărul lui, i-a spus Walkiria lui Chris. Fii martoră.

Chris s-a supus.

Wahalla a luat puțină apă din bidonul ei și i-a făcut o cruce în creștet – ca și cum l-ar fi botezat din nou. După aceea a îngenuncheat și le-a cerut și lor să facă la fel.

— În numele arhanghelului Mihail, pactul a fost cunoscut în ceruri. În numele arhanghelului Mihail, pactul a fost rupt.

A pus medalia pe creștetul lui și le-a cerut să repete după ea.

Înger îngerașul meu,
Ce mi te-a dat Dumnezeu…

Rugăciunea copilăriei reverbera în pereții muntelui și se răspândea deasupra deșertului.

Eu sunt slab,
Tu fă-mă tare
Și-n tot locul mă-nsoțește
Și de rele mă ferește.
Amin.

— Amin, spuse Chris.

— Amin, repetă el.

Oamenii s-au apropiat. Ochii le străluceau de curiozitate.

— Sunt lesbiene, spuse cineva.

— Sunt nebune, zise altul.

Walkiriile legaseră o basma de alta obținând un fel de frânghie. Apoi se așezaseră pe jos, în cerc, cu brațele sprijinite pe genunchi, ținând basmalele.

Wahalla stătea în mijloc, în picioare. Oamenii veneau în număr tot mai mare. Când s-a strâns o mică mulțime, Walkiriile au intonat un psalm:

La râul Babilonului,
Acolo am șezut și am plâns.
În sălcii, în mijlocul lor,
Am atârnat harpele noastre.

Oamenii se uitau și nu pricepeau nimic. Nu era prima oară când femeile acelea veneau în oraș. Mai fuseseră, și vorbeau despre lucruri ciudate – cu toate că unele cuvinte semănau cu acelea pe care le spuneau pastorii de la televizor.

— Fiți curajoși – vocea Wahallei era puternică și hotărâtă. Deschideți-vă sufletul și ascultați ce vă spune el. Urmați visele lui, pentru că numai un om căruia nu-i e rușine de sine însuși poate mărturisi gloria lui Dumnezeu.

— Deșertul te țicnește, comentă o femeie.

Câțiva s-au îndepărtat repede. Erau sătui de predici religioase.

— Nu există nici un păcat în afară de lipsa dragostei, continuă Wahalla. Fiți curajoși, fiți capabili să iubiți, chiar dacă dragostea ar părea trădare sau ceva îngrozitor. Bucurați-vă de dragoste. Bucurați-vă de victorie. Urmați-vă inima.

— Imposibil! se auzi o voce din mulțime. Avem obligații.

Wahalla se întoarse spre locul de unde se auzise vocea. Vasăzică reușise – oamenii le ascultau! Spre deosebire de acum cinci ani, când mergeau prin deșert, ajungeau într-un oraș și nimeni nu se apropia de ele.

— Avem copii. Avem soți sau soții. Trebuie să câștigăm bani, a spus altcineva.

— Îndepliniți-vă obligațiile. Dar ele nu vor împiedica niciodată pe cineva să-și urmeze visele. Amintiți-vă că visele sunt o manifestare a Absolutului, și faceți în viața asta numai *lucruri care merită*. Numai cei care vor acționa astfel vor înțelege marile transformări care vor veni.

„Conspirația", gândi Chris în timp ce asculta. Își aminti de vremurile când mergea în piață și cânta, împreună cu alții de la biserică, pentru a salva oamenii de păcat. Pe atunci nu vorbeau despre vremuri noi – vorbeau despre a doua venire a lui Iisus, despre pedepse și Infern. Nu era o conspirație, ca acum.

A început să avanseze prin mulțime și l-a văzut pe Paulo. Stătea pe o bancă, departe de aglomerație. Se îndreptă spre el.

— Cât mai mergem cu ele? l-a întrebat.

— Până ce Wahalla mă învață să văd îngeri.

— Dar a trecut aproape o lună.

— Nu se poate să nu mă învețe. A jurat pe Tradiție. Și va trebui să-și țină jurământul.

Mulțimea creștea neîncetat. Chris se gândea ce greu trebuia să fie să le vorbești acelor oameni.

— N-o să le ia în serios, spuse ea. Nu cu hainele astea, cu caii...

— Se războiesc pentru idei foarte vechi, răspunse Paulo. În ziua de azi soldații se camuflează, se maschează, se ascund. Dar vechii războinici mergeau la luptă îmbrăcați cu ce aveau ei mai colorat și mai atrăgător. Voiau ca inamicul să-i vadă. Aveau orgoliul luptei.

— Dar ele de ce au ales să facă asta așa? De ce predică în piața publică, în baruri, în deșert? De ce ne ajută să vorbim cu îngerii?

El și-a aprins o țigară.

— Tu crezi că e o joacă a lor, spuse Paulo. Dar există o conspirație.

Ea a râs. Dacă ar fi avut dreptate Paulo, i-ar fi spus dinainte. Da' de unde, nu era nici o conspirație. Ea inventase termenul, pentru că prietenii soțului păreau agenți secreți, preocupați cu ce spuneau sau nu trebuia să spună în fața celorlalți, schimbând mereu vorba – deși juraseră, cu mâna pe inimă, că nu exista nimic ocult în Tradiție.

Dar acum Paulo vorbea serios.

— Porțile Paradisului s-au deschis din nou, spuse el. Dumnezeu l-a îndepărtat pe îngerul care păzea poarta cu sabia de foc. Un timp – nimeni nu știe cât – oricine poate intra, dacă înțelege că porțile sunt deschise.

În timp ce vorbea cu Chris, Paulo și-a adus aminte de mina de aur părăsită. Până atunci – asta era cu o săptămână în urmă – alesese să rămână dincoace de poarta Paradisului.

— Cine garantează că e așa? întrebă ea.

— Credința. Și Tradiția, veni răspunsul lui.

S-au dus la un vânzător ambulant și au cumpărat înghețată. Wahalla continua să vorbească, iar discursul ei parcă nu se mai termina. Peste puțin timp aveau să reprezinte piesa aceea stranie de teatru în care îi foloseau pe spectatori – și abia atunci manifestația se va fi terminat.

— Toți știu de porțile deschise? întrebă ea.

— Câțiva și-au dat seama, și-i mai cheamă și pe alții. Dar e o problemă.

Paulo a arătat spre mijlocul pieței.

— Să presupunem că acolo e Paradisul. Și fiecare se află într-un anume loc în piață.

— Fiecare va avea de parcurs un drum diferit ca să ajungă acolo.

— De aceea oamenii vorbesc cu îngerii lor. Pentru că numai aceștia cunosc cel mai bun drum. Nu folosește la nimic să-i întrebi pe alții.

„Urmați-vă visele, riscați!", o auzea pe Wahalla.

— Cum va fi lumea asta?

— Va fi doar a celor care au pătruns în Paradis, răspunse Paulo. Lumea „Conspirației", cum i-ai spus tu. Lumea oamenilor capabili să vadă transformările prezentului, al oamenilor cu curajul de a-și trăi visele, de a-și asculta îngerii. O lume a tuturor celor care cred în ea.

S-a auzit un murmur în mulțime. Chris știa că piesa de teatru începuse. Vrusese să meargă s-o vadă; dar Paulo îi spunea lucruri mult mai importante.

— Timp de secole, am plâns la râul Babilonului, continuă Paulo. Ne-am atârnat harpele, ni se interzisese să cântăm, am fost urmăriți, masacrați, dar niciodată n-am uitat că exista un Pământ al Făgăduinței. Tradiția a supraviețuit în pofida tuturor relelor.

Am învățat să luptăm, suntem căliți în luptă. Acum oamenii vorbesc iar de spiritualitate, ceea ce, cu câțiva ani în urmă, părea un lucru pentru ignoranții plini de bani, și există un fir invizibil care-i unește pe cei care se află de partea luminii, ca basmalele legate acum de Walkirii. Iar firul ăsta formează de fapt un cordon puternic, strălucitor, ținut de îngeri, un parapet pe care cei mai sensibili îl văd și pe care ne putem sprijini. Pentru că suntem mulți, răspândiți în lumea întreagă. Uniți de aceeași credință.

— În fiecare zi lumea asta are alt nume, spuse ea. Noua Eră, A Șasea Rasă Aurită, Al Șaptelea Fulger...

— Dar e aceeași lume. Îți garantez.

Chris s-a uitat la Wahalla, în mijlocul pieței, cum vorbea despre îngeri.

— Și de ce încearcă să-i convingă pe toți?

— Nu, nu încearcă. Am venit din Paradis, ne-am împrăștiat pe pământ, și acum ne întoarcem. Wahalla le cere oamenilor să plătească prețul acestei întoarceri.

Chris își aminti de cele petrecute în mină.

— Uneori prețul e foarte mare.

— Se poate. Dar sunt oameni dispuși să plătească. Ei știu că vorbele Wahallei sunt adevărate, pentru că le amintesc despre ceva uitat. Cu toții purtăm încă în suflet amintirile și viziunile din Paradis. Pot trece ani fără să ne amintim – până ce se întâmplă ceva: un copil, o pierdere serioasă, senzația unui pericol iminent, un apus de soare, o carte, o melodie sau un grup de femei cu haine de piele, vorbind despre Dumnezeu. Orice. Deodată, oamenii își amintesc.

Asta face Wahalla acum. Le amintește că există un loc. Unii ascultă, alții nu – aceștia vor trece de porți fără să observe.

— Dar ea vorbește de noua lume.

— Sunt doar vorbe. În realitate, ele și-au luat harpele din salcie și cântă din nou – și milioane de oameni din lumea întreagă cântă iar bucuria Pământului Făgăduinței. Nimeni nu mai este singur.

Au auzit zgomotul copitelor de cai. Piesa de teatru se terminase. Paulo porni înspre mașină.

— De ce nu mi-ai vorbit despre astea niciodată? întrebă ea.

— Pentru că le știai deja.

Da, le știa. Dar numai acum își adusese aminte.

Walkiriile se îndreptau acum spre Valea Morții. Mergeau din oraș în oraș cu caii lor, cu bicele, cu basmalele, hainele ciudate. Și vorbeau despre Dumnezeu.

Paulo și Chris erau tot cu ele. Când se opreau la marginea orașelor, ei dormeau la hotel. Când se opreau în mijlocul deșertului, dormeau în mașină. Ele aprindeau un foc – și astfel deșertul înceta să mai fie periculos noaptea – animalele nu se apropiau. Adormeau ascultând urletul coioților și privind stelele.

După seara din mină, Paulo a început să practice stabilirea legăturii. Îi era teamă ca nu cumva Chris să creadă că el nu știa prea bine să o învețe.

— Îl cunosc pe J., spuse ea când a venit vorba. Nu trebuie să mă convingi pe mine de nimic.

— Și iubita mea de pe vremuri cunoștea persoana care mă învăța pe mine, i-a răspuns el.

Se așezau amândoi în fiecare seară, distrugeau bariera celei de-a doua minți, se rugau îngerului lor și-i invocau prezența.

— Eu cred în lumea asta nouă, îi spuse lui Chris odată, după ce terminaseră încă un exercițiu de conectare.

— Sunt sigură că așa este. Dacă n-ar fi așa, n-ai face lucrurile pe care le faci.

— Da, dar nu știu dacă mă port la înălțimea cerințelor.

— Fii generos cu tine însuți, i-a răspuns ea. Dai tot ce ai mai bun în tine – și puțini oameni pleacă în lume pe urmele îngerilor lor. Nu uita că ai rupt pactul.

Pactul rupt acolo, în mină: J. o să fie fericit! Cu toate că Paulo era aproape sigur că știa tot și de aceea nu se împotrivise călătoriei prin deșert.

După ce terminau exercițiile de conectare, vorbeau ore întregi despre îngeri. Dar vorbeau numai ei doi – Wahalla nu mai pomenise niciodată nimic despre asta.

Într-o seară, după ce vorbiseră amândoi, s-a dus s-o caute pe Walkirie.

— Cunoști bine Tradiția, i-a spus. Nu poți întrerupe un proces început.

— Dar nu întrerup nimic, i-a răspuns ea.

— Eu în scurtă vreme va trebui să mă întorc în Brazilia. Și mai trebuie să aibă loc iertarea. Și rămășagul.

— Nu întrerup nici un proces, a repetat ea.

I-a propus să facă o plimbare mai lungă, pe jos, prin deșert. S-au așezat unul lângă altul și au privit apusul de soare, au vorbit despre ritualuri și ceremonii. Wahalla l-a întrebat despre cum iniția J., iar Paulo a vrut să știe ce rezultate avusese cu predica în deșert.

— Pregătesc drumul, spuse ea fără chef. Îmi îndeplinesc partea mea, sper s-o duc până la capăt. Abia după aia voi ști care e pasul următor.

— Cum o să știi când e momentul să te oprești?

Wahalla i-a arătat zarea.

— Trebuie să dăm unsprezece rotocoale deșertului, să trecem de unsprezece ori prin aceleași locuri, să repetăm de unsprezece ori aceleași lucruri. Asta a fost tot ce mi s-a spus că trebuie să fac.

— Maestrul tău ți-a spus?

— Nu. Arhanghelul Mihail.

— Și al câtelea tur e ăsta?

— Al zecelea.

Walkiria se sprijini de umărul lui Paulo și rămase multă vreme tăcută. El ar fi vrut să-i mângâie părul, să-i așeze capul în poală – cum făcuse ea cu el în mina părăsită. Era o războinică, dar avea și ea nevoie de puțină odihnă.

A stat o vreme în cumpănă, dar până la urmă a renunțat. S-au întors amândoi la locul de popas.

Pe măsură ce treceau zilele, în mintea lui Paulo a încolțit bănuiala că Wahalla îl iniția de fapt în tot ce trebuia să știe – dar în felul lui Took, fără a-i arăta direct calea. Din clipa aceea, a început să observe tot ce făceau Walkiriile; poate descoperea vreo pistă, vreo învățătură, vreo practică nouă. Și, când Wahalla l-a chemat să vadă apusul de soare în deșert – așa făcea mereu în ultima vreme –, s-a hotărât să aducă vorba despre asta.

— Nimic nu te împiedică să mă inițiezi direct, i-a spus el. Nu ești o maestră. Nu ești ca Took, sau ca J., sau ca mine însumi – noi cunoaștem două Tradiții.

— Ba sunt o maestră. Am învățat prin revelații. E adevărat că n-am făcut cursuri, n-am participat la *covens**, nici nu m-am înscris în societăți secrete. Dar știu multe lucruri pe care tu nu le știi, pentru că m-a învățat arhanghelul Mihail.

— De aceea sunt și eu aici. Ca să învăț.

---

* *Coven* – sabat, cu sensul de adunare de vrăjitoare (engl.). (N. tr.)

Amândoi stăteau pe nisip, sprijiniți de o stâncă. Wahalla îi ceru lui Paulo să-și depărteze picioarele.

— Am nevoie de afecțiune, spuse ea. Am nevoie de multă afecțiune.

Paulo și-a desfăcut picioarele. Wahalla s-a ridicat și a venit să se așeze între ele, cu capul în poala lui. Au stat așa multă vreme, tăcuți, privind orizontul.

Paulo a vorbit primul. Nu-i plăcea ce avea să spună, dar trebuia.

— Știi, eu o să plec în curând.

A așteptat o reacție. Ea n-a spus nimic.

— Trebuie să învăț să am viziunea îngerului. Cred că tu mă înveți, dar eu nu pricep.

— Nu. Învățăturile mele sunt clare ca soarele deșertului.

Paulo i-a mângâiat părul roșcat care i se revărsase în poală.

— Ai o nevastă frumoasă, spuse Wahalla.

Paulo a înțeles aluzia și și-a retras mâna.

Când s-a întors la Chris, în noaptea aceea, i-a zis ce-i spusese Wahalla despre ea. Chris a zâmbit și n-a spus nimic.

Și-au continuat drumul împreună. Dar și după afirmația Wahallei despre claritatea învățăturilor ei, Paulo tot era atent la tot ce făceau Walkiriile. Însă rutina zilnică nu se schimba aproape deloc: mergeau, vorbeau în piețele publice, îndeplineau ritualuri pe care el le știa deja, și-și vedeau de drum mai departe.

Și iubeau. Iubeau bărbații care le ieșeau în cale. În general călători solitari, călare pe motociclete impozante, cu suficient curaj pentru a se apropia de grup. Când se întâmpla asta, exista o înțelegere tacită – ca Wahalla să aibă dreptul la prima alegere. Dacă pe ea n-o interesa, oricare se putea apropia de nou-venit.

Bărbații nu știau de înțelegere. Aveau impresia că erau cu femeia pe care o aleseseră ei – deși alegerea fusese făcută mai înainte. De către ele.

Walkiriile beau bere și vorbeau despre Dumnezeu. Îndeplineau ritualuri sacre și se iubeau printre stânci. În orașele mai mari mergeau în piața publică să pună în scenă ciudata piesă de teatru care implica și câțiva oameni din asistență.

La sfârșit, le cereau să contribuie cu câteva monede. Wahalla nu participa niciodată la spectacol – dar conducea tot ce se petrecea acolo și apoi trecea cu basmaua printre cei prezenți. Reușea întotdeauna să strângă destui bani.

În fiecare seară, înainte ca Wahalla să vină să-l cheme pe Paulo pentru a se plimba prin deșert, el și Chris practicau conectarea și vorbeau despre îngerii lor. Deși canalul nu era complet deschis, simțeau prezența unei protecții constante, a unei iubiri și a păcii. Auzeau fraze fără sens, aveau unele intuiții, dar de multe ori singura senzație era aceea a bucuriei, nimic mai mult. Dar știau că vorbesc cu îngerii și că îngerii erau mulțumiți.

Da, îngerii erau mulțumiți pentru că fuseseră iarăși contactați. Oricine se hotăra să vorbească cu ei descoperea că nu era pentru prima oară. Vorbiseră și înainte, în copilărie, când apăreau sub forma unor „prieteni imaginari", tovarăși de lungi conversații și de joacă, alungând răul și pericolele.

Toți copiii vorbeau cu îngerii lor păzitori – până în faimoasa zi în care părinții observau că fiul vorbea cu oameni care „nu existau". Erau intrigați, dădeau vina pe excesul de imaginație infantilă, consultau pedagogi și psihologi și ajungeau la concluzia că cel mic trebuia să termine cu tipul acela de comportament.

Părinții insistau mereu pe lângă copiii lor spunându-le că nu existau prieteni imaginari – poate fiindcă uitaseră că și ei vorbiseră cu îngerii cândva. Sau cine știe, poate se gândeau că trăiesc într-o lume în care nu mai era loc pentru îngeri. Dezamăgiți, îngerii se întorceau lângă Dumnezeu, pentru că știau că nu-și pot impune prezența.

Dar acum începea o lume nouă. Îngerii știau unde sunt porțile Paradisului și aveau să-i conducă acolo pe toți cei care credeau în ei. Și poate că nici nu trebuia să creadă – era de ajuns *să aibă nevoie* de îngeri, și atunci ei se întorceau bucuroși.

Paulo își petrecea nopțile frământându-se cu întrebarea de ce se purta Wahalla așa – amânând lucrurile.

Chris știa răspunsul. Și Walkiriile îl știau – fără ca nimeni din grup să fi făcut vreo indiscreție în privința asta.

Chris aștepta lovitura. Mai devreme sau mai târziu avea să se întâmple. De aceea Walkiria nu se debarasase de ei, nu-i inițiase în cealaltă parte a întâlnirii cu îngerul.

Într-o seară, au apărut niște munți enormi pe partea dreaptă a șoselei. Apoi și partea stângă s-a umplut de creste și de canioane, în timp ce un uriaș platou de sare, strălucitor, se forma în mijloc.

Ajunseseră în Valea Morții.

Walkiriile au făcut tabără aproape de Furnace Creek – singurul loc, pe o rază de mulți kilometri, de unde se putea lua apă. Chris și Paulo au rămas cu ele, fiindcă singurul hotel din Valea Morții era ocupat.

În noaptea aceea, tot grupul s-a așezat în jurul focului, sporovăind despre bărbați, cai și – pentru prima oară după multe zile – despre îngeri. Cum făceau totdeauna înainte de culcare, Walkiriile și-au legat basmalele și au mai recitat o dată psalmul cu râul din Babilon și harpele atârnate în sălcii. Nu puteau uita niciodată că erau războinice.

După ritual, liniștea a coborât peste tabără și s-au dus cu toții să se culce. Cu toții, mai puțin Wahalla.

S-a îndepărtat puțin și a rămas multă vreme contemplând cerul. I-a cerut arhanghelului Mihail să i se arate pe mai departe, să-i dea sfaturile cele bune și să-i dea putere în continuare.

„Tu i-ai învins în luptă pe ceilalți îngeri“, s-a rugat ea. „Învață-mă să înving și eu. Să las să se împrăștie turma asta de opt persoane – pentru ca într-o zi să ajungem să fim cu miile, cu milioanele. Iartă-mi greșelile și întărește-mi inima. Dă-mi putere să fiu bărbat și femeie, dură și gingașă.

Fie ca vorba mea să fie lancea ta.

Fie ca iubirea mea să fie cumpăna ta.“

S-a închinat și a rămas liniștită, ascultând urletul unui coiot în depărtare. Nu-i era somn, și a început să se gândească la viața ei. Și-a amintit de vremurile când nu era decât o simplă funcționară la Chase Manhattan Bank, iar viața ei se rezuma la cei doi copii și la soțul ei.

— Dar mi s-a arătat îngerul, vorbi ea spre deșertul tăcut. Mi s-a arătat plin de lumină și mi-a cerut să îndeplinesc misiunea asta. Nu m-a obligat, nu m-a amenințat, nici nu mi-a promis recompense. Doar mi-a cerut.

A lăsat totul baltă chiar de a doua zi și s-a dus în deșertul Mojave. A început să predice singură, să vorbească despre porțile deschise ale Paradisului. Soțul a cerut divorțul și a obținut să-i fie încredințați copiii. Ea nu înțelegea prea bine de ce făcuse toate astea, dar, de fiecare dată când plângea de amărăciune și de singurătate, îngerul îi aducea exemplele altor femei care acceptaseră solia lui Dumnezeu; se referea la Fecioara Maria, la Sfânta Tereza, la Ioana d'Arc. Spunea că lumea nu avea nevoie decât de exemple, de oameni capabili să-și trăiască visele și să lupte pentru ideile lor.

A stat aproape un an în apropiere de Las Vegas. A cheltuit repede puținii bani pe care a reușit să-i ia cu ea, a suferit de foame și a dormit sub cerul liber. Până ce într-o zi i-a căzut în mână o poezie.

Versurile povesteau istoria unei sfinte, Maria Egipteanca. Ea mergea spre Ierusalim și nu avea bani să plătească traversarea unui râu. Barcagiul, uitându-se la frumoasa femeie care-i ieșise în cale, i-a spus că, deși nu avea bani, avea totuși trupul ei. Atunci Maria Egipteanca i s-a dat barcagiului. Când a ajuns la Ierusalim, i-a apărut un înger care a binecuvântat-o pentru gestul ei. După ce a murit, a fost canonizată de către Biserică, deși în zilele noastre nu-și mai aduce aminte aproape nimeni de asta.

Wahalla a luat istorisirea ca pe un semn. Predica numele Domnului ziua și de două ori pe săptămână mergea prin cazinouri, agăța câte un iubit bogat și făcea rost de bani. Niciodată nu l-a întrebat pe înger dacă ce făcea era bine – dar nici el nu i-a spus nimic.

În scurt timp, îndrumate de mâna invizibilă a altor îngeri, au apărut și tovarășele ei, una câte una.

— Mai lipsește doar un tur, spuse iar, cu voce tare, spre deșertul mut. Mai lipsește doar un tur pentru ca misiunea să fie îndeplinită iar eu să mă pot întoarce în lume. Nu știu ce mă așteaptă, dar vreau să mă întorc. Am nevoie de iubire, de afecțiune, am nevoie de un bărbat care să mă protejeze pe pământ, așa cum îngerul meu mă apără în cer. Mi-am îndeplinit partea mea; nu mă căiesc, dar a fost foarte greu.

Și-a făcut iar semnul crucii și s-a întors în tabără.

La întoarcere, i-a văzut pe cei doi brazilieni șezând în fața focului, privind flăcările.

— Câte zile mai sunt ca să se facă patruzeci?

— Unsprezece.

— Atunci mâine, la zece noaptea, în Canionul de Aur, o să te fac să accepți iertarea. Ritualul care Doboară Ritualuri.

Paulo s-a speriat. Avea dreptate! Răspunsul fusese tot timpul sub ochii lui!

— În ce fel? întrebă.

— Prin ură, răspunse Wahalla.

— Bine, spuse el, încercând să nu pară surprins. Dar Wahalla știa că Paulo nu folosise niciodată ura în Ritualul care Doboară Ritualuri.

I-a lăsat pe cei doi și s-a dus la locul unde dormea Rotha. Și-a trecut mâna cu afecțiune prin părul ei până ce fata s-a trezit – poate era în legătură cu îngerii care apar în vise, iar Wahalla nu voia să-i întrerupă brusc conversația.

Rotha a deschis în sfârșit ochii.

— Mâine o să înveți să accepți iertarea, spuse Wahalla. Și curând o să-ți poți vedea și îngerul.

— Dar sunt deja o Walkirie.

— Desigur. Chiar dacă n-o să reușești să-ți vezi îngerul, vei rămâne o Walkirie.

Rotha zâmbi. Avea 23 de ani și era mândră că umbla prin deșert cu Wahalla.

— Să nu-ți pui hainele de piele mâine, de la răsăritul soarelui până se termină Ritualul care Doboară Ritualuri.

A îmbrățișat-o cu afecțiune.

— Acum du-te iar la culcare, spuse ea.

Paulo și Chris au mai stat aproape o jumătate de oră privind focul. Apoi și-au făcut din haine căpătâi și s-au pregătit să se culce. În fiecare oraș mare pe unde treceau se gândeau să cumpere niște saci de dormit, dar nu aveau răbdare să intre prin magazine după cumpărături. În plus, trăiau cu speranța că vor găsi un hotel. De aceea, dacă trebuia să rămână în tabără cu Walkiriile, se vedeau obligați să doarmă în mașină sau aproape de foc. Părul celor doi fusese pârlit de mai multe ori de scântei, dar nu se întâmplase nimic grav până atunci.

— Ce-a vrut să spună? a întrebat Chris după ce s-au culcat.

— Nimic important.

Lui Paulo îi era somn, în plus mai și băuse ceva. Dar Chris a insistat. Avea nevoie de un răspuns clar.

— Totul în viață e un ritual, i-a spus Paulo. Și pentru vrăjitori, și pentru cei care n-au auzit în viața lor de vrăji. Și unii, și ceilalți încearcă mereu să-și îndeplinească, pe cât de bine posibil, propriile ritualuri.

Faptul că vrăjitorii aveau ritualuri era de înțeles pentru Chris. Și viața obișnuită avea ritualuri – căsătorii, botezuri, studii –, era de înțeles.

— Nu, nu mă refer la lucrurile astea evidente, a continuat el nerăbdător – voia să doarmă, dar ea s-a făcut că nu pricepe iritarea din vocea lui. Spun că totul este ritual. Așa cum o slujbă la biserică este un ritual, compus din mai multe părți, și ziua din viața fiecărui om este tot un ritual. Un ritual elaborat cu grijă, pe care el încearcă să-l execute cu precizie, fiindcă îi e frică să nu se ducă totul de râpă dacă greșește în cine știe ce părticică. Numele acestui ritual este RUTINA.

S-a sculat în capul oaselor. Era moleșit din cauza berii și, dacă ar fi rămas culcat, n-ar fi apucat să termine ce avea de spus.

— Cât timp suntem tineri, nimic nu e foarte grav. Dar încet-încet acest complex de ritualuri zilnice se solidifică și începe să ne comande. Dacă lucrurile încep să meargă mai mult sau mai puțin cum voiam noi, nu mai îndrăznim să rupem ritualul și să riscăm. Ne prefacem că ne plângem, dar ne mulțumim cu faptul că toate zilele sunt la fel. Cel puțin nu există un pericol neașteptat.

În felul acesta nu reușim decât să evităm orice înflorire, orice creștere interioară sau exterioară, cu excepția celor prevăzute deja de ritual: atâția copii, atâtea promovări, atâtea câștiguri financiare.

Și, când ritualul se consolidează, omul devine sclavul lui.

— Li se întâmplă și vrăjitorilor sau magilor?

— Sigur. Folosesc ritualul pentru contactul cu lumea invizibilă, pentru a anihila cea de-a doua minte și a pătrunde în Extraordinar. Dar și pentru noi terenul cucerit devine familiar. Trebuie să pleci spre noi tărâmuri. De obicei, orice mag, orice vrăjitoare se teme să schimbe ritualul. Se teme de necunoscut, se teme ca nu cumva noile ritualuri să nu funcționeze – e o teamă irațională, foarte puternică, ce nu dispare niciodată fără ajutor.

— Și ce e Ritualul care Doboară Ritualuri?

— Dat fiind că magul nu reușește să-și schimbe ritualurile, Tradiția decide să schimbe magul. E un fel de Teatru Sacru, în care el trebuie să trăiască viața unui nou personaj.

Paulo s-a întins la loc, s-a întors pe o parte și s-a prefăcut că doarme. Dacă ea voia să știe mai mult? Dacă voia să ceară și alte explicații, dacă voia să afle de ce spusese Walkiria „ură"?

Niciodată în Teatrul Sacru nu se invocau sentimentele josnice. Dimpotrivă, cei care participau încercau să intre în contact cu Binele, să trăiască personaje puternice, luminate. În felul acesta se convingeau că erau mai buni decât își imaginau și – dacă credeau așa ceva – viețile lor se schimbau.

La fel se întâmpla dacă intrau în contact cu sentimente josnice. Magul ajungea să creadă că era mai rău decât își închipuia.

Și-au petrecut după-amiaza următoare făcând o vizită la Canionul de Aur – o serie de defileuri pline de curbe sinuoase, cu pereți de circa șase metri înălțime. La apusul soarelui, pe când făceau exercițiul de conectare, au înțeles de ce locul avea un asemenea nume: razele se reflectau în milioane de fragmente minerale încrustate în rocă, ceea ce făcea ca pereții să pară de aur.

— La noapte o să fie lună plină, spuse Paulo.

Văzuseră deja luna plină în deșert; era un spectacol extraordinar.

— Azi m-am trezit cu gândul la un pasaj din Biblie, continuă el. Un fragment din Solomon: „E bine să te ții de una și de cealaltă să nu te desfaci; că cine se teme de Dumnezeu va scăpa din toate".

— Ciudat text, spuse Chris.

— Foarte ciudat.

— Îngerul meu îmi vorbește tot mai des. Acum înțeleg perfect ce ai spus în mină, pentru că niciodată n-am crezut că se poate întâmpla așa ceva.

El era foarte mulțumit. Au admirat împreună căderea serii; de data asta Wahalla n-a mai venit să se plimbe cu el.

Acum nu mai erau pietricelele strălucitoare pe care le văzuseră după-amiază. Luna arunca o lumină stranie, fantasmagorică, în defileu. Își puteau auzi propriii pași pe nisip, și mergeau fără să vorbească, atenți la orice zgomot. Nu știau unde se adunaseră Walkiriile.

Ajunseseră aproape de capăt, unde despicătura se lărgea, formând un spațiu mai mare. Nici urmă de ele.

Chris a rupt tăcerea.

— Poate s-au răzgândit, spuse ea.

Dar și ea știa că Wahalla avea să prelungească jocul acela cât mai mult. Numai că ea voia să se sfârșească imediat.

— Animalele au ieșit din văgăuni. Mi-e frică de șerpi, continuă ea. Hai să mergem.

Dar Paulo privea în sus.

— Ia uite, spuse. Nu s-au răzgândit.

Chris i-a urmărit privirea. Din înaltul stâncii care forma peretele drept al despicăturii, o siluetă feminină privea spre ei.

Ea s-a înfiorat.

Altă siluetă de femeie apăru sus. Apoi alta. Chris s-a dus în mijlocul drumului; de acolo a putut vedea încă trei femei pe partea cealaltă.

Mai lipseau două.

— Bine ați venit la teatru! vocea Wahallei s-a multiplicat în ecouri, între pereții de piatră. Spectatorii au sosit și așteaptă spectacolul!

Așa își incepeau Walkiriile piesele din piața publică.

„Dar eu nu sunt în piesă", gândi Chris. Poate că ar fi trebuit să suie și ea sus pe stâncă.

— Aici, prețul de la intrare se plătește la ieșire, continuă vocea, repetând spusele din piețe. Poate fi scump sau putem da banii înapoi. Vrei să riști?

— Vreau, răspunse Paulo.

— La ce bun toate astea? strigă deodată Chris. La ce bun atâtea scenarii, ritualuri după ritualuri, atâta balamuc ca să vezi un înger? Nu e de ajuns conectarea, conversația cu el? De ce nu vă purtați ca toți ceilalți, de ce nu simplificați contactul cu Dumnezeu sau cu tot ce-i sfânt în lumea asta?

N-a răspuns nimeni nimic. Paulo își spuse că soția strică tot.

— Ritualul care Doboară Ritualuri, spuse o Walkirie, din înaltul stâncii.

— Tăcere! strigă Wahalla. Spectatorii nu se manifestă decât la sfârșit! Aplaudă sau pleacă, dar plătesc intrarea!

În sfârșit, apăru Wahalla. Își legase basmaua pe cap ca un amerindian. Obișnuia să facă asta când făceau rugăciunile, la sfârșitul zilei. Era coroana ei.

Adusese cu ea o fată desculță, în bermude și tricou. Când au ajuns mai aproape și lumina le-a căzut pe chipuri, Chris a văzut că era una dintre Walkirii – cea mai tânără din grup. Fără hainele de piele și aerul agresiv, se vedea că abia dacă era o copilă.

A împins-o pe fată în fața lui Paulo. A început să deseneze un pătrat uriaș în jurul lor. La fiecare colț se oprea și spunea niște cuvinte. Paulo și fata repetau cuvintele latinești – dar copila a greșit de câteva ori, așa că a trebuit să o ia de la capăt.

„Nici măcar n-are habar ce spune", gândi Chris.

Nici pătratul, nici cuvintele nu făceau parte din spectacolul prezentat prin piețe.

Când a terminat de trasat linii pe nisip, le-a cerut celor doi să vină mai aproape; dar ei rămăseseră în pătrat, iar ea – în afara lui.

Wahalla s-a întors spre Paulo, l-a privit în ochi și i-a dat biciul ei.

— Războinice, ești prizonierul destinului tău – prin puterea acestor linii și a acestor nume sacre. Războinice învingător în bătălie, te afli în castelul tău și vei primi recompensa.

Paulo și-a imaginat zidurile castelului. Din clipa aceea defileul, Walkiriile, Chris, Wahalla – totul și-a pierdut orice importanță.

Era un actor în Teatrul Sacru. Ritualul care Doboară Ritualuri.

— Prizoniero – se întoarse Wahalla spre fată – înfrângerea ta este umilitoare. N-ai știut să-ți aperi cu onoare armata. Walkiriile vor veni din ceruri să-ți culeagă trupul când vei fi murit. Dar, până atunci, vei primi binemeritata pedeapsă a învinșilor.

Brusc, i-a rupt bluza fetei.

— Începe spectacolul! Iată, războinice, trofeul tău!

A împins-o pe fată cu putere. Ea a căzut rău, și-a julit genunchiul. Pe picior a apărut un firicel de sânge.

Paulo a îngenuncheat lângă ea. Mâinile lui strângeau biciul Wahallei, care parcă avea viață proprie. Asta l-a speriat, și pentru câteva clipe a ieșit dintre zidurile imaginare ale castelului și a revenit în defileu.

— E rănită, spuse Paulo. Are nevoie de îngrijiri.

— Războinice, acesta e trofeul tău! repetă Wahalla, îndepărtându-se. Femeia care cunoaște secretul pe care-l cauți. Smulge-i secretul, sau renunță pentru totdeauna.

*„Non nobis, Domine, non nobis. Sed nomini Tuo da Gloriam"**, spuse încet, repetând deviza templierilor. Trebuia să ia repede o hotărâre. Își aminti epoca în care nu credea în nimic, dar și așa, lucrurile deveneau ceea ce erau: adevăr.

Se afla în fața Ritualului care Doboară Ritualuri. Un moment sacru în viața unui mag.

Iar în fața lui stătea o copilă.

„Sed nomini Tuo da Gloriam", repetă el. Și în clipa următoare își înveșmântă trupul astral cu pielea personajului sugerat de Wahalla. Ritualul care Doboară Ritualuri începea să se ivească. Nimic nu mai conta – doar calea aceea necunoscută, femeia speriată de la picioarele lui și un secret care trebuia să fie smuls. Începu să dea târcoale victimei, amintindu-și de

---

* Nu pentru noi, Doamne, nu pentru noi, ci pentru gloria Numelui Tău (lat.). (N. tr.)

vremurile când alta era morala – să le posezi pe femei, asta făcea parte din legile luptei. Pentru asta își riscau bărbații viețile în bătălii: pentru aur și pentru femei.

— Am învins! îi strigă fetei. Iar tu ai pierdut!

A îngenuncheat și a apucat-o de păr. Ea-l privea fix.

— Vom învinge, spuse fata. Cunoaștem legile victoriei.

El a trântit-o din nou la pământ cu un gest violent.

— Legea victoriei e să învingi.

— Voi credeți că ați câștigat, continuă prizoniera. Doar o bătălie, asta ați câștigat. Noi vom învinge.

Cine era femeia aceea care îndrăznea să vorbească așa cu el? Avea un trup frumos – dar asta putea să mai aștepte. Trebuia să descopere secretul pe care-l căuta de atâta vreme.

— Învață-mă viziunea îngerului, spuse, încercând să vorbească cu o voce calmă. Și vei fi eliberată.

— Sunt liberă.

— Nu, nu cunoști legile victoriei, spuse el. De asta v-am învins.

Femeia a părut că șovăie. Bărbatul vorbea despre legi.

— Vorbește-mi despre aceste legi, i-a răspuns ea. Iar eu îți voi spune taina îngerului.

Prizoniera propunea un schimb. El putea s-o tortureze, s-o distrugă. Ea stătea acolo, la picioarele lui – dar, cu toate astea, propunea un schimb.

„E o femeie ciudată", își spuse. Poate că nu mărturisea sub tortură. Mai bine făcea schimbul. Avea să-i spună cele cinci legi ale victoriei, oricum ea nu avea să iasă vie de aici.

— Legea Morală: trebuie să lupți de partea dreptății, așa o să învingi. Legea Vremii: un război pe ploaie e diferit de unul pe timp de soare, o bătălie iarna e diferită de o bătălie pe timp de vară.

Acum putea s-o înșele. Dar nu reușea să inventeze pe loc legi false. Femeia ar fi observat șovăiala lui.

— Legea Spațiului, continuă el, spunând adevărul. Un război într-un defileu e diferit de unul pe câmpie. Legea Alegerii: războinicul știe să-l aleagă pe cel ce-i va da sfaturi și pe cel care-i va fi alături în luptă. Un conducător nu se poate înconjura de lași sau trădători.

S-a oprit puțin, gândindu-se dacă să continue. Dar spusese deja patru legi.

— Legea Strategiei, spuse, într-un târziu. Modul în care se plănuiește o luptă.

Asta era tot. Ochii fetei străluceau.

— Acum vorbește-mi despre îngeri.

Ea-l privea fără o vorbă. Obținuse formula, acum era prea târziu. Acei războinici viteji nu pierduseră niciodată nici o bătălie – și legenda spunea că se foloseau de cele cinci legi ale victoriei. Acum le știa și ea.

Chiar dacă nu-i mai foloseau la nimic, știa. Putea să moară liniștită. Merita pedeapsa care urma.

— Vorbește-mi despre îngeri, repetă războinicul.

— Nu, n-o să-ți spun nimic despre îngeri.

Privirea războinicului s-a întunecat, iar ea era mulțumită. Se temea de asta – ca nu cumva războinicul să se lase călăuzit de Legea Morală și să-i cruțe viața. Nu merita așa ceva. Era vinovată – zeci, sute de vini strânse în tot timpul scurtei sale vieți. Își dezamăgise părinții, îi dezamăgise pe bărbații care se apropiaseră de ea. Îi dezamăgise pe războinicii care luptaseră alături de ea. Trebuia să se lase prinsă – era slabă. Merita pedeapsa.

— Ura! au auzit strigând din depărtare o voce de femeie. Sensul ritualului e ura!

— Am făcut un schimb, repetă războinicul – și de data asta vocea îi era tăioasă ca oțelul. Eu mi-am îndeplinit partea mea.

— N-o să mă lași să plec vie, spuse ea. Dar cel puțin am obținut ce voiam. Chiar dacă n-o să-mi mai folosească la nimic.

„Ură!" Vocea depărtată a femeii își făcuse efectul. El a dat frâu liber celor mai urâte sentimente. Ura creștea în inima războinicului.

— O să suferi, îi spuse, chinurile cele mai groaznice pe care le-a suferit vreodată cineva.

— Voi suferi.

„Merit să sufăr", se gândea. Merita durerea, pedeapsa, moartea. De copil refuzase să lupte – credea că nu e în stare, accepta totul de la ceilalți, suferea în tăcere nedreptățile a căror victimă era. Voia ca toți să priceapă cât de bună era, o inimă sensibilă, în stare să ajute pe toată lumea. Ar fi vrut să le fie cu orice preț simpatică. Dumnezeu îi dăduse o viață frumoasă, iar ea nu fusese în stare să profite de asta. În schimb, cerșise iubirea celorlalți, trăise viața pe care alții voiau ca ea s-o trăiască, totul pentru a arăta câtă bunătate era în inima ei și cum era ea capabilă să placă tuturor.

Fusese nedreaptă cu Dumnezeu, își irosise viața. Acum avea nevoie de un călău care s-o trimită în iad.

Războinicul simți iar biciul pulsând de viață proprie în mâinile lui. O clipă, privirea i s-a încrucișat cu aceea a prizonierei.

Spera ca prizoniera să se răzgândească, să ceară iertare. Dar ea s-a chircit la pământ, așteptând loviturile.

Legea Morală. Dintr-odată dispăruse totul, mai puțin furia că fusese trădat de o prizonieră. Ura îl asalta valuri valuri, iar el descoperea cât putea fi de crud. De câte ori fusese păcălit, lăsase de fiecare dată să i se înmoaie inima tocmai când trebuia să facă dreptate. Iertase mereu – nu pentru că ar fi fost bun, ci pentru că era un laș, îi era frică să nu reușească să meargă până la capăt.

Wahalla o privi pe Chris. Chris o privi pe Wahalla. Luna nu lăsa să se vadă prea bine ce fel de priviri își aruncau, și asta era bine.

Amândurora le era teamă să arate ce simțeau.

— Pentru numele lui Dumnezeu! a strigat femeia încă o dată, înainte ca lovitura să se abată asupra ei.

Războinicul rămăsese cu biciul în aer.

Dar dușmanul se arătase.

— Ajunge, spuse Wahalla. E de ajuns.

Ochii lui Paulo sticleau. A apucat-o pe Wahalla pe după umeri.

— Sunt plin de ură! striga el. Nu joc teatru! Am dat drumul unor demoni pe care nu îi cunoșteam!

Wahalla i-a luat biciul din mână și s-a întors spre Rotha ca să vadă dacă nu era rănită.

Fata plângea cu fața ascunsă între genunchi.

— A fost totul de-adevăratelea, îi spuse, îmbrățișând-o pe Wahalla. Eu l-am provocat, l-am folosit ca să mă pedepsească. Am vrut să mă distrugă, să termine cu mine. Părinții mă învinovățesc, frații mei mă învinovățesc, n-am făcut decât greșeli în viață.

— Hai să-ți schimbi bluza, spuse Wahalla.

Ea s-a ridicat și și-a aranjat bluza sfâșiată.

— Vreau să rămân cum sunt acum, spuse.

Wahalla a șovăit, dar n-a spus nimic. În schimb, s-a îndreptat spre peretele canionului și a început să se cațere. Când a ajuns sus, lângă alte trei Walkirii, le-a făcut semn să suie și ei.

Chris, Rotha și Paulo au escaladat peretele tăcuți; luna le lumina drumul, pietrele aveau multe crăpături, nu era prea greu. Sus acolo, se vedea ca și cum s-ar fi aflat pe o platformă enormă, plină de despicături.

Wahalla le-a cerut fetei și lui Paulo să se apropie unul de altul și să rămână față în față, sprijinindu-se unul de altul.

— Te-am lovit? a întrebat-o pe Rotha. Era îngrozit de el însuși.

Rotha a clătinat din cap. Îi era rușine – n-avea să fie niciodată asemenea tovarășelor ei. Era slabă.

Wahalla a luat basmalele de la cele două Walkirii și le-a înnodat – apoi le-a trecut pe după mijlocul bărbatului și al femeii, legându-i. Din locul unde se afla, Chris vedea cum forma luna un fel de halou în jurul celor doi. Era o scenă frumoasă – dacă n-ar fi fost tot ce se întâmplase, dacă bărbatul acela și femeia aceea n-ar fi fost atât de depărtați și atât de aproape unul de celălalt.

— Nu sunt demnă să-mi văd îngerul, spuse Walkiria. Sunt slabă, inima mea se umple de rușine.

— Nu sunt demn să-mi văd îngerul, spuse Paulo tare, pentru ca toți să audă. Am inima plină de ură.

— Inima mea a iubit mai multe femei. Și a gonit iubirea bărbaților, spuse Rotha.

— Mi-am hrănit ura ani de-a rândul, și m-am răzbunat când nimic nu mai avea vreo importanță, a continuat Paulo. Am fost iertat mereu de prieteni, dar eu niciodată n-am știut să-i iert.

Wahalla se întoarse spre lună.

— Aici suntem, arhanghele. Facă-se voia Domnului. Moștenirea noastră sunt ura și frica, umilința și rușinea. Facă-se voia Domnului.

De ce nu s-a mulțumit să închidă porțile Paradisului? Trebuia să ne facă să ducem în suflet povara Infernului? Dar, dacă aceasta este voia Domnului, să se știe că toată omenirea o va îndeplini generații întregi.

(*Wahalla umblă în jurul celor doi.*)

Cuvânt înainte și salut

Lăudat fie Domnul nostru Iisus Christos, acum și în vecii vecilor, amin.

Cu Tine vorbesc războinicii vinovăției.

Aceia care au folosit totdeauna cele mai bune arme pe care le aveau la îndemână împotriva lor înșiși.

Cei care se cred nedemni de binecuvântări. Cei care cred că n-au fost făcuți pentru fericire. Cei care se simt mai răi decât alții.

Cu Tine vorbesc cei care au ajuns la porțile libertății, au privit Paradisul și și-au spus: „Nu trebuie să intrăm; nu merităm".

Cu Tine vorbesc cei care au cunoscut ziua judecății aproapelui și au crezut că majoritatea are dreptate.

Cu Tine vorbesc aceia care s-au judecat și condamnat pe ei înșiși.

(Una dintre Walkirii îi dă biciul Wahallei. Ea ridică biciul către cer.)

Primul element: aerul

Iată biciul aici. Dacă suntem așa, pedepsește-ne.

Pedepsește-ne că suntem diferiți. Pentru că suntem așa cum am visat să fim și am crezut în lucruri în care nimeni nu crede.

Pedepsește-ne pentru că sfidăm tot ce există, tot ce e acceptat de ceilalți, tot ceea ce ceilalți nu vor să schimbe.

Pedepsește-ne pentru că vorbim de Credință, dar ne simțim fără speranță. Vorbim de Dragoste, dar nu primim nici afecțiunea, nici consolarea pe care credem că o merităm. Vorbim de libertate, dar suntem prizonierii propriilor vinovății.

Dar, Doamne, chiar dacă ridic biciul acesta cât de sus, până la stele, tot nu-Ți voi atinge Mâna!

Pentru că Mâna Ta, Doamne se află peste capetele noastre. Ea ne mângâie și ne spune: „Nu mai suferiți. Am suferit eu îndeajuns.

Și am visat, mi-am pus speranța într-o lume nouă. Am vorbit despre Dragoste, și i-am cerut Tatălui să îndepărteze cupa aceasta de la mine. Am sfidat totul, tot ce majoritatea nu dorea să schimbe. Am crezut că am greșit când am împlinit primul meu miracol: am făcut din apă vin, numai ca să înveselesc o petrecere. Am simțit privirea neîndurătoare a celui asemenea mie și am strigat «Tată, Tată, de ce m-ai părăsit?»

M-au biciuit ei pe mine îndeajuns. Voi nu mai trebuie să suferiți".

(*Wahalla aruncă biciul și împrăștie nisip în aer.*)

Al doilea element: pământul

Suntem ai acestui pământ, Doamne. Dar el e plin cu temerile noastre.

Vom scrie vinovățiile noastre pe nisip, iar vântul deșertului își va lua sarcina să le împrăștie.

Întărește-ne mâna, fă-ne să nu renunțăm la luptă, chiar dacă ne simțim nedemni de o bătălie.

Folosește-Te de viața noastră, hrănește-ne visele. Dacă am fost făcuți din țărână, atunci pământul e făcut din noi. Totul e un singur lucru.

Învață-ne, și folosește-Te de noi. Ai Tăi suntem, pe vecie.

Legea e o singură Poruncă: „Iubește-ți aproapele ca pe tine însuți".

Dacă iubim, lumea se preschimbă. Lumina Dragostei gonește bezna vinovăției.

Ține-ne tari în Dragoste. Dă-ne să primim Iubirea lui Dumnezeu pentru noi.

Arată-ne iubirea pentru noi înșine.

Silește-ne să căutăm iubirea aproapelui. Chiar cu teama de respingere, cu priviri dure, cu teama întâlnirii unor inimi de piatră – ajută-ne să nu renunțăm niciodată să căutăm Dragostea.

(*O Walkirie îi întinde o făclie Wahallei. Aceasta scoate bricheta și o aprinde, apoi ridică torța spre cer.*)

Al treilea element: focul

Tu ai spus, Doamne: „Am venit să aprind focul pe pământ. Și veghez să ardă".

Ca focul dragostei să ardă în inimile noastre.

Ca focul schimbării să ardă în gesturile noastre.

Ca focul purificării să ardă vinovățiile noastre.

Ca focul dreptății să ne călăuzească pașii.

Ca focul înțelepciunii să ne lumineze calea.

Ca focul care s-a răspândit peste pământ să nu se stingă niciodată. El se întoarce la nesfârșit, iar noi îl luăm cu noi.

Generațiile anterioare își treceau păcatele generațiilor viitoare. Așa a fost, până la părinții noștri.

Dar acum vom face să meargă mai departe torța focului Tău.

Suntem războinici și războinice ale Luminii, această lumină pe care o purtăm cu mândrie.

Focul care, atunci când a fost aprins pentru prima oară, ne-a arătat greșelile și vinovățiile. Noi ne-am speriat, am fost surprinși și ne-am simțit neînstare.

Dar era focul Dragostei. Iar acesta a ars tot ce era rău în noi, în clipa în care l-am acceptat.

El ne-a arătat că nu suntem nici mai răi, nici mai buni decât aceia care ne priveau cu reproș.

De aceea acceptăm iertarea. Nu mai există vinovăție, ne putem întoarce în Paradis. Și vom duce focul care va arde pe Pământ.

(Wahalla pune torța în crăpătura unei stânci. Apoi desface bidonul și toarnă puțină apă pe creștetele lui Paulo și al Rothei.)

Al patrulea element: apa

Tu ai spus: „Cel ce va bea din apa pe care i-o voi da Eu nu va mai înseta în veac".

Ei bine, iată, bem din apa aceasta. Ne spălăm păcatele, din dragoste pentru Schimbarea care va zgâlțâi Pământul.

Vom asculta vorba îngerilor, vom duce cuvântul lor tuturor.

Vom lupta cu cele mai bune arme și cu caii cei mai iuți.

Poarta e deschisă. Suntem demni să intrăm.

„Doamne Iisuse Christoase, care ai spus apostolilor Tăi «pacea mea v-o las vouă, pacea mea v-o dăruiesc», nu privi păcatele noastre, ci credința care însuflețește adunarea voastră."

Chris știa fragmentul acesta. Era asemănător celui folosit la slujba catolicilor.

— Miel al lui Dumnezeu, care iei păcatele lumii asupra Ta, ai milă de noi, încheie Wahalla, desfăcând basmalele care-i legau pe cei doi.

— Sunteți liberi, mai spuse.

Și atunci Wahalla s-a apropiat de Paulo.

„Lovitura", își spuse Chris. „Lovitura șarpelui va veni acum. El e prețul plătit. Ea s-a îndrăgostit. Dacă Walkiria îi spune prețul, el o să-l accepte, chiar cu plăcere. Și atunci n-o să pot spune nimic – pentru că sunt o femeie oarecare, nu cunosc legile din lumea îngerilor. Nimeni de aici nu vede că am murit de nu știu câte ori în deșert și am renăscut tot de atâtea ori. Habar n-au că vorbesc cu îngerul și că sufletul mi-a crescut. Îngerii s-au obișnuit cu mine, știu ce gândesc."

„Îl iubesc. Pentru ea e doar o dorință."

— ACUM EU SUNT TU, WALKIRIE! Ritualul care Doboară Ritualuri!

Strigătul lui Chris a fost repetat de ecou peste deșertul sinistru, scăldat în lumina lunii.

Wahalla aștepta strigătul. Învinsese sentimentul de vinovăție și știa că ceea ce-și dorea nu era o crimă. Doar un capriciu. Merita să dea frâu liber capriciilor – îngerul ei o învățase că asemenea lucruri nu îndepărtau pe nimeni de Dumnezeu și de îndatorirea sacră pe care fiecare o are de îndeplinit în viață.

Își aminti de prima oară când o văzuse pe Chris, într-un restaurant. Un fior îi străbătuse corpul și intuiții stranii – pe care nu reușea să le înțeleagă – puseseră stăpânire pe ea. „Același lucru trebuie că i s-a întâmplat și ei", își spuse.

Paulo? Își îndeplinise misiunea cu el. Și, fără ca el să știe, prețul obținut fusese mare – când străbăteau deșertul învățase multe ritualuri pe care J. le folosea numai cu discipolii lui. El îi spusese tot.

Îl dorea și ca bărbat. Nu pentru ce era – ci pentru ce știa. Un capriciu, iar îngerul ei îi ierta capriciile.

O privi iar pe Chris.

„Sunt la al zecelea tur. Și eu trebuie să mă schimb. Femeia asta e unealta îngerilor."

— Ritualul care Doboară Ritualuri, răspunse Wahalla. Fie ca Dumnezeu să trimită personajele!

Accepta provocarea. Momentul ei de creștere sosise.

Amândouă au început să-și dea roată, de la distanță, cum făceau vechii cowboy ai Vestului Sălbatic înaintea unui duel cu pistoalele. Nu se auzea nici un zgomot – timpul parcă se oprise în loc.

Toți cei de față înțelegeau ce se petrece, pentru că erau femei și obișnuiau să lupte pentru dragoste. Și făceau asta până în pânzele albe, folosindu-se de șmecherii, de artificii – făceau asta din cauza acelei specii ciudate numite Bărbat, care le justifica viața și visele.

Scenariul se schimba, personajul lui Chris începea să se contureze. Apăreau hainele de piele, basmaua legată pe cap, medalionul cu arhanghelul Mihail între sâni. Se înveșmânta cu personajul ce întruchipa forța, ce o reprezenta pe femeia pe care o admira și care i-ar fi plăcut să fie. Se îmbrăca în Wahalla.

Chris făcu un gest din cap și amândouă s-au oprit. Wahalla recunoscuse personajul celeilalte – se afla în fața unei oglinzi imaginare.

Se putea vedea pe sine. Știa pe dinafară arta războiului, dar uitase lecțiile de dragoste. Cunoștea cele cinci legi ale victoriei, se culca cu toți bărbații cu care avea chef, dar uitase arta iubirii.

Se privi pe sine reflectată în cealaltă; avea destulă putere ca s-o învingă. Dar personajul ei tocmai apărea, prindea formă, și era un personaj care – deși plin de forță – nu era obișnuit cu felul acela de luptă.

Personajul se înfiripa – îl vedea atât de clar! Se transforma într-o femeie îndrăgostită, care rămânea lângă bărbatul ei, punând mâna pe spadă când era necesar și apărându-l de toate pericolele. Era o femeie puternică, deși părea slabă. Era aceea care bătătorea drumul dragostei ca pe singura cale posibilă pentru a ajunge până la Înțelepciune – un drum pe care se dezvăluiau misterele prin Dăruire și Iertare.

Wahalla se preschimba în Chris.

Iar Chris se privea, reflectată în cealaltă.

A început să înainteze încet, spre marginea platoului stâncos. Wahalla făcu la fel; amândouă s-au apropiat de prăpastie. O cădere de acolo putea fi mortală sau să provoace răni îngrozitoare; dar ele erau femei – iar femeile nu cunosc nici o limită. Chris s-a oprit pe buza prăpastiei, dându-i și celeilalte timp să se apropie și să facă la fel.

Adâncimea se termina la zece metri în jos, iar luna se afla la mii de kilometri deasupra. Între lună și prăpastie se înfruntau două femei.

— El e bărbatul meu. Nu-l atinge doar dintr-un capriciu. Tu nu-l iubești, spuse Chris.

Wahalla nu răspunse.

— Voi mai face un pas, urmă Chris. Voi supraviețui. Sunt o femeie curajoasă.

— Voi merge cu tine, răspunse Wahalla.

— Să nu faci asta. Acum cunoști dragostea. E o lume imensă, îți va trebui toată viața ca s-o înțelegi.

— N-o voi face, dacă nici tu n-o faci. Acum îți cunoști forța. Orizontul tău are acum munți, văi, deșerturi. Sufletul ți-e mare, și va mai crește încă. Ți-ai descoperit curajul, și e de ajuns.

— E de ajuns, dacă ce te-am învățat va fi prețul pentru ce o să primesc.

Se așternu o tăcere prelungă. Deodată, Walkiria s-a îndreptat spre Chris.

Și a sărutat-o.

— Accept prețul, spuse. Mulțumesc pentru tot ce m-ai învățat.

Chris își scoase ceasul de la încheietură. Nu avea nimic altceva în momentul acela.

— Și eu îți mulțumesc pentru ce m-ai învățat, spuse ea. Acum știu ce putere am. N-aș fi aflat niciodată dacă n-aș fi cunoscut o femeie ciudată, frumoasă și puternică.

Cu multă afecțiune prinse ceasul de încheietura Walkiriei.

Soarele strălucea în Valea Morții. Walkiriile și-au legat basmalele peste față, lăsând să se vadă doar ochii. Caii erau speriați și agitați. Wahalla s-a apropiat, ținând calul de hățuri.

— Nu puteți să mai veniți cu noi. El trebuie să-și vadă îngerul.

— Mai lipsește ceva, spuse Paulo. Rămășagul.

— Rămășagurile și înțelegerile se fac cu îngerii. Sau cu demonii.

— Nu știu cum să fac să-l văd, a insistat el.

— Ai rupt deja un pact. Ai acceptat iertarea. Îngerul tău va apărea în scurt timp, pentru rămășag.

Caii jucau în frâu. Wahalla și-a legat basmaua peste față, a încălecat și s-a întors spre Chris.

— Voi fi mereu în tine, spuse Chris. Iar tu vei fi în mine.

Wahalla și-a scos mănușa și i-a aruncat-o. Apoi a ridicat biciul. Caii au pornit, lăsând în urmă un nor uriaș de praf.

Un bărbat și o femeie mergeau prin deșert. Se opreau în orașe cu mii de locuitori, în orășele unde abia dacă găseai un motel, un restaurant și o benzinărie. Nimeni nu întreba nimic – iar seara se plimbau printre stânci și munți, se întindeau pe spate cu ochii spre locul unde avea să apară prima stea și fiecare vorbea cu îngerul lui.

Auzeau voci, simțeau imboldul de a-și da sfaturi unul altuia, își aminteau de lucruri care păreau definitiv uitate în cine știe ce colțișor al trecutului.

Ea ajunsese să canalizeze protecția și înțelepciunea îngerului – și privea apusul de soare deasupra deșertului.

El continua să aștepte, plin de speranță. Aștepta ca îngerul lui să coboare și să i se arate în toată gloria lui. Făcuse totul așa cum trebuia, acum nu-i mai rămânea decât să aștepte.

Aștepta una, două, trei ore. Nu se ridica decât când noaptea se așternea peste tot; atunci își lua nevasta și se întorceau în oraș.

Luau masa, se duceau la hotel. Ea se făcea că doarme, el privea în gol.

Ea se scula în puterea nopții și se ducea în camera lui și-i cerea să-i facă puțin loc ca să se întindă lângă el. Se prefăcea că dormise, că-i era teamă să stea singură în patul ei, ca să nu aibă coșmaruri. Se așezau amândoi, și el stătea la fel de tăcut ca înainte.

— Tu vorbești deja cu îngerul tău, îi spunea el în asemenea clipe. Te-am auzit vorbind când te conectai. Sunt lucruri pe care nu le-ai spus niciodată în viață, sunt sfaturi înțelepte – îngerul e cu tine.

El o mângâia pe păr și rămânea tăcut. Ea se întreba dacă tristețea aceea era din pricina îngerului, sau pentru o femeie care plecase și pe care nu aveau s-o mai vadă niciodată.

Dar întrebarea îi rămânea zăvorâtă în gâtlej, și se întorcea în tăcerea inimii ei.

Paulo se gândea la femeia care plecase, așa era. Dar nu asta îl întrista. Timpul trecea, în curând avea să se întoarcă în țara lui. Avea să se întâlnească din nou cu omul care-l învățase că îngerii există.

„Omul ăsta", își închipuia Paulo, „o să-mi spună că am făcut destul, că am rupt un pact care trebuia rupt, că am acceptat o iertare care trebuia să fie acceptată de multă vreme. Da, omul acesta va continua să-mi arate calea înțelepciunii și a dragostei, eu voi fi din ce în ce mai aproape de îngerul meu, voi vorbi cu el în fiecare zi, îi voi mulțumi pentru protecție și-i voi cere ajutorul. Omul acesta îmi va spune că atât este de ajuns."

Da, pentru că J. îl învățase încă de la început că există limite. Că trebuia să mergi cât mai departe posibil – dar erau anumite momente în care trebuia să accepți misterul și să înțelegi că fiecare își avea harul lui. Unii știau să vindece, alții posedau cuvântul înțelepciunii, alții vorbeau cu spiritele și așa mai departe. Prin toate acestea la un loc își arăta Dumnezeu gloria Lui, folosindu-l pe om ca pe o unealtă. Porțile Paradisului vor fi deschise pentru aceia care se hotărau să intre. Lumea se afla în mâinile acelora care aveau curajul să viseze – și să-și trăiască visele.

Fiecare cu talentul lui. Fiecare cu Harul lui.

Dar nimic din toate astea nu-l consola pe Paulo. El știa că Took își vedea îngerul. Că Wahalla își vedea îngerul. Că mulți alții lăsaseră mărturii în cărți, istorii, povestiri, relatând că văzuseră îngeri.

Iar el nu reușea să-l vadă pe al lui.

Mai erau șase zile până să lase deșertul și să pornească pe drumul de întoarcere. S-au oprit în piața publică dintr-un orășel în care cea mai mare parte a locuitorilor erau bătrâni. Locul acela își avusese vremurile lui de glorie – când mina de metale feroase de aici adusese locuri de muncă, prosperitate, speranță pentru locuitori. Dar, cine știe din ce cauză – un mister pentru cei doi –, compania vânduse casele foștilor angajați și închisese mina.

— Au plecat acum și copiii noștri, spuse o femeie în vârstă care venise să se așeze la masa lor. N-a mai rămas nici unul, doar bătrânii. Într-o zi orașul o să dispară, și toată munca noastră, tot ce-am construit, nu va mai însemna nimic.

De mult nu mai venise nimeni prin oraș. Bătrâna era mulțumită că avea cu cine schimba o vorbă.

— Vine omul, clădește, speră că ceea ce face e important, continuă ea. Dar dintr-odată descoperă că cere mai mult decât poate pământul să-i dea. Și atunci lasă totul baltă și pleacă mai departe, fără să-și dea seama că în visul lui i-a luat cu el și pe alții –

alții care, fiind mai slabi, au rămas pe drum. Ca orașele din deșert.

„Poate că asta se întâmplă și cu mine", își spuse Paulo. „Eu m-am adus până aici, dar tot eu m-am abandonat."

Și-a amintit că odată un îmblânzitor i-a povestit cum reușeau să țină elefanții închiși. Animalele, când erau pui, erau legate cu lanțuri de câte o buturugă. Încercau să scape, dar nu puteau, toată tinerețea lor tot încercau, dar buturuga era mai tare ca ei.

Și atunci se obișnuiau cu captivitatea. Și când ajungeau mari și puternici era de ajuns ca îmblânzitorul să le lege un lanț de picior și să-l lege de orice – chiar și de o bucățică de lemn – nu mai îndrăzneau să fugă. Erau prinși de trecutul lor.

Nesfârșitele ore ale zilei păreau că nu se mai termină. Cerul lua foc, pământul fierbea și trebuia să aștepte, să aștepte, să aștepte – până ce culoarea deșertului se transforma iar în tonurile blânde ale cărămizilor și ale trandafirului. Atunci era momentul să ieși din oraș, să mai încerci o dată conectarea și să mai aștepți o dată apariția unui înger.

— Cineva zicea că pământul produce îndeajuns cât să satisfacă nevoile, nu lăcomia, continuă bătrâna.

— Credeți în îngeri?

Bătrâna s-a speriat. Dar ăsta era singurul lucru care-l interesa pe Paulo.

— Când ajungi la bătrânețe și ești aproape de moarte, începi să crezi în toate alea, răspunse ea. Dar nu știu dacă chiar cred în îngeri.

— Există.

— Ai văzut vreunul?

În ochi i se citea un amestec de neîncredere și speranță.

— Eu vorbesc cu îngerul meu păzitor.

— Are aripi?

Era întrebarea pe care o punea toată lumea. Iar el uitase s-o întrebe pe Wahalla.

— Nu știu, că de văzut încă nu l-am văzut.

A fost un moment când bătrâna s-a gândit să plece de la masa lor. Singurătatea deșertului te țicnește. Sau poate omul acela glumea, ca să-i treacă timpul mai plăcut.

A vrut să-i întrebe de unde veneau, ce făcea o pereche ca ei într-un loc cum era Ajo. Nu reușea să identifice accentul ciudat cu care vorbeau.

„Poate vin din Mexic", gândi ea. Dar nu păreau mexicani. Avea să-i întrebe la momentul potrivit.

— Nu știu dacă glumiți, spuse ea, dar, cum v-am spus, eu nu mai am mult de trăit. Poate mai trăiesc cinci, zece, douăzeci de ani – dar de acum începi să pricepi că o să mori.

— Și eu știu că o să mor, spuse Chris.

— Nu, nu știi ca un bătrân. Pentru dumneata, moartea e o idee depărtată, care o să vină cândva, într-o zi. Pentru noi, e ceva ce se poate întâmpla și mâine. De asta mulți bătrâni își petrec ce le-a mai rămas din timp privind într-o singură direcție: trecutul. Nu pentru că le plac amintirile așa de mult; dar știu că acolo nu vor găsi lucrul de care se tem cel mai tare.

Puțini bătrâni privesc spre viitor, iar eu sunt una dintre aceste persoane. Și, când facem asta, descoperim ce ne rezervă viitorul de-adevăratelea: moartea.

Paulo n-a răspuns. Nu putea vorbi despre cât de important era să ai conștiința morții dacă practicai magia. Bătrâna s-ar fi ridicat de la masă dacă ar fi aflat că el era mag.

— De asta mi-ar plăcea să cred că vorbiți serios. Că există îngeri, continuă ea.

— Moartea e un înger, spuse Paulo. Eu am văzut-o deja de două ori întrupată astfel, dar a fost foarte repede, nu i-am putut vedea chipul. Dar cunosc persoane care au văzut-o, și pe altele, pe care le-a dus cu ea, și mi-au povestit pe urmă. Oamenii ăștia spun că are o față frumoasă, iar atingerea ei e ușoară.

Ochii bătrânei l-au fixat pe Paulo. Ar fi vrut să creadă.

— Au aripi?

— E făcut din lumină, răspunse el. Apare sub forma cea mai ușoară pe care o poți primi, când sosește clipa.

Bătrâna a mai stat puțin liniștită. Apoi s-a ridicat.

— Nu-mi mai e frică. M-am rugat adineaori, în gând, și am cerut ca îngerul morții să aibă aripi când o veni să mă viziteze. Inima-mi spune că mi se va împlini dorința.

I-a sărutat pe amândoi. Nu avea importanță de unde veneau.

— Îngerul meu v-a trimis. Mulțumesc foarte mult.

Paulo și-a adus aminte de Took. Deci și ei fuseseră instrumentele unui înger.

Când soarele a început să coboare, s-au dus până la un munte aproape de Ajo. S-au așezat cu fața spre răsărit, așteptând să apară prima stea. Atunci începeau conectarea, când apărea prima stea.

Îi spuneau „contemplarea îng erului". Era prima ceremonie creată după ce Ritualul care Doboară Ritualuri le măturase pe cele anterioare.

— Nu te-am întrebat niciodată, spuse Chris, în timp ce așteptau, de ce vrei să-ți vezi îngerul.

— Ei, dar am explicat de atâtea ori că asta nu are nici o importanță.

Vocea era plină de ironie. Ea s-a prefăcut că nu pricepe.

— O.K. Deci are importanță pentru tine. Explică-mi de ce.

— Ți-am povestit totul în ziua când am întâlnit-o pe Wahalla, răspunse.

— Dar tu nu ai nevoie de un miracol, insistă ea. Tu vrei să-ți satisfaci un capriciu.

— Nu există capricii în lumea spirituală. Ori accepți, ori nu accepți.

— Și atunci? Tu nu ai acceptat lumea asta a ta? Sau tot ce mi-ai spus e minciună?

„Și-a adus aminte de povestea din mină", gândi Paulo. Era greu de răspuns – dar avea să încerce.

— Eu am văzut deja miracole, începu el. Multe. Ba am văzut miracole și când eram amândoi. L-am văzut pe J. Cum făcea găuri în norii groși, cum umplea întunericul de lumină, cum muta lucrurile din loc.

M-ai văzut chiar și pe mine cum ghiceam gânduri, cum stârneam vântul, cum îndeplineam ritualuri ale puterii. Am văzut în viața mea, de multe ori, cum funcționează magia – pentru bine sau pentru rău. Nu am nici o îndoială în privința asta.

Apoi a tăcut o vreme.

— Dar ne-am și obișnuit cu miracolele. Și mereu avem nevoie de tot mai multe. Credința e o victorie grea, care cere lupte zilnice ca să fie menținută.

Steaua stătea să apară, trebuia să termine repede explicația. Dar Chris îl întrerupse:

— Așa s-a întâmplat și cu căsătoria noastră, spuse ea. Iar eu sunt foarte obosită.

— Nu înțeleg. Eu vorbeam despre lumea spirituală.

— Reușesc să înțeleg ce spui numai pentru că-ți cunosc dragostea, spuse ea. Suntem împreună de multă vreme și, după ce au trecut primii doi ani de bucurie și de pasiune, fiecare zi a început să fie pentru mine o provocare. Mi-a fost foarte greu să țin aprinsă flacăra dragostei.

Îi păru rău că începuse să-i spună toate astea – dar acum trebuia să meargă până la capăt.

— Odată mi-ai spus că lumea se împarte în agricultori, care iubesc pământul și recolta, și vânători, care iubesc pădurea întunecată și victoriile. Mi-ai spus că eu eram o agricultoare, ca J. Că băteam calea înțelepciunii prin contemplare.

Dar eram căsătorită cu un vânător.

Mintea îi scotea scântei, nu se mai putea opri din vorbit. Îi era frică să nu apară steaua.

— Cât de greu a fost, cât de greu este să fiu căsătorită cu tine! Ești ca Wahalla, ca Walkiriile care nu au stare, nu știu să trăiască decât emoția puternică a vânătorii, a primejdiilor, a nopților întunecate în căutarea prăzii. La început, am crezut că n-o să reușesc să conviețuiesc cu asta; eu – care căutam o viață ca a atâtor alte femei – căsătorită cu un mag! Un mag a cărei lume este condusă de legi necunoscute mie – o persoană care crede numai că-și trăiește viața când se află în fața unei provocări.

Îl privi drept în ochi.

— J. nu este un mag mult mai puternic decât tine?

— Mult mai înțelept, răspunse Paulo. Mult mai trecut prin viață și mai experimentat. El merge pe calea agricultorului, și pe calea asta și-a găsit el puterea. Eu nu voi reuși să-mi descopăr forța decât pe calea vânătorului.

— Și atunci de ce te-a ales discipol?

Paulo râse.

— Pentru același motiv pentru care tu m-ai ales drept soț. Pentru că suntem diferiți.

— Wahalla, tu și toți prietenii tăi nu vă gândiți decât la Conspirație. Nimic nu mai contează – v-ați fixat pe chestia asta de schimbări de lumi, lumi noi care nu mai apar odată. Cred în lumea asta nouă, dar – fir-ar să fie! – chiar trebuie să fie așa?

— Așa, cum?

Ea căzu pe gânduri, concentrată. Nu știa prea bine de ce spusese asta.

— Cu conspirații.

— Păi tu ai spus-o.

— Dar eu știu că e adevărat. Iar tu mi-ai confirmat.

— Ți-am spus că porțile Paradisului sunt deschise o vreme, pentru cei care vor să intre. Dar am spus și că fiecare își are calea lui – și numai îngerul îți poate spune care e direcția bună.

„Oare de ce mă port așa? Ce se întâmplă cu mine?" gândi ea.

Își aminti de gravurile văzute în copilărie, în care îngerii conduceau copii aflați pe marginea prăpastiei. Era mirată de propriile ei cuvinte. Se certase de multe ori cu el, dar niciodată nu-i vorbise despre magie ca acum.

Cu toate astea – se făceau aproape patruzeci de zile în deșert, și-n timpul ăsta îi crescuse sufletul –, își descoperise cea de-a doua minte, înfruntase o femeie puternică. Murise de multe ori și renăscuse cu mai multă forță.

„Mi-a plăcut la vânătoare", își spuse.

Da. Și asta o înnebunea. Pentru că, din ziua în care o provocase pe Wahalla la duel, avea senzația că până atunci trăise degeaba.

„Nu, nu pot să accept așa ceva. Îl cunosc pe J., e un agricultor și e un om luminat. Am vorbit cu îngerul meu înaintea lui Paulo. Știu să vorbesc cu el la fel de bine ca Wahalla – deși felul în care-mi vorbește încă e puțin confuz."

Dar șovăia. Poate că greșise când și-a ales felul de viață.

„Trebuie să mai vorbesc cu îngerul", își spuse. „Trebuie să mă conving că n-am greșit."

— Tu ai nevoie de încă un miracol, spuse, și tot timpul o să ai nevoie de așa ceva. Niciodată n-o să fii mulțumit și niciodată n-o să înțelegi că împărăția cerurilor nu poate fi luată cu asalt.

(„O, Doamne, fă să-i apară îngerul, dacă asta e atât de important pentru el! Fă ceva ca eu să mă înșel, Doamne!")

— Dar nu m-ai lăsat să termin, spuse el.

Și chiar în clipa aceea prima stea a apărut în zare.

Era momentul conectării.

S-au așezat și, după câteva momente de relaxare, au început să se concentreze asupra celei de-a doua minți. Chris nu reușea să-și scoată din cap ultimele cuvinte ale lui Paulo – chiar așa, nu-i dăduse voie să răspundă.

Acum era târziu. Trebuia să lase ca a doua minte să-i spună toate problemele ei plicticoase, să repete de nu știu câte ori același lucru, să iasă la iveală grijile dintotdeauna. A doua minte, în noaptea aceea, voia să-i rănească sufletul. Îi spunea că alesese drumul greșit, și că nu-și descoperise destinul decât când încercase să fie Wahalla.

A doua minte îi spunea că e prea târziu să se mai schimbe, că-și irosise viața, că o să-și petreacă tot restul zilelor mergând în urma soțului – fără să mai simtă gustul pădurilor întunecate și al căutării prăzii.

A doua minte îi spunea că întâlnise bărbatul nepotrivit – că ar fi fost mai bine dacă se căsătorea cu un agricultor. A doua minte îi spunea că Paulo avea și alte femei, care erau femei vânătoare, pe care le întâlnea în nopțile cu lună și în ritualuri magice secrete. A doua minte îi spunea că trebuie să-l lase, pentru ca el să poată fi fericit cu o femeie asemenea lui.

Și-a adus câteva contra-argumente, spunându-și că nu are importanță că știe de celelalte femei, nu voia să-l lase pentru asta niciodată. Pentru că iubirea nu are logică, nici rațiune. Dar a doua minte o lua de la capăt – iar ea a hotărât să înceteze să mai discute, să asculte în tăcere până ce conversația avea să moară, așa că a tăcut.

Și atunci, un fel de pâclă a început să-i cuprindă gândurile. Începuse contactul. O senzație inefabilă de pace a pus stăpânire pe ea, ca și cum aripile îngerului ei ar fi acoperit tot deșertul pentru ca nimic rău să nu i se mai întâmple. Când stabilea legătura, simțea o iubire imensă pentru ea însăși și pentru Univers.

Stătea cu ochii deschiși ca să nu-și piardă cunoștința, și așa au început să apară catedralele. Apăreau din ceață, biserici imense pe care nu le vizitase niciodată, dar care, cu toate acestea, trebuie că existau pe undeva pe pământ. În primele zile erau doar niște forme confuze, cântări indigene amestecate cu vorbe fără sens; dar acum îngerul ei îi arăta catedrale. Asta avea un sens, deși pentru moment nu înțelegea care.

Dar erau abia la începutul conversației. Cu fiecare zi care trecea, își înțelegea din ce în ce mai bine îngerul. În scurt timp, avea să comunice cu el la fel de limpede precum se înțelegea cu un om care vorbea aceeași limbă cu ea. Nu era decât o chestiune de timp.

Alarma de la ceasul de mână al lui Paulo a sunat. Trecuseră douăzeci de minute. Conectarea se terminase.

Ea îl privi. Știa ce avea să urmeze: el avea să se închidă în muțenie și, în scurt timp, să se întristeze. Îngerul nu i se arătase. Apoi se vor întoarce la micul hotel din Ajo, el va ieși să se plimbe, în timp ce ea va încerca să adoarmă puțin.

A așteptat ca el să se ridice și s-a ridicat și ea. Numai că acum, în loc de tristețe, în ochii lui se vedea o strălucire ciudată.

— Îmi voi vedea îngerul, spuse. Știu că-l voi vedea. Am făcut rămășagul.

„Pariul o să-l faci cu îngerul tău", îi spusese Wahalla. Însă niciodată nu spusese: „Rămășagul o să-l faci cu îngerul atunci când acesta o să apară". Dar, cu toate astea, el așa înțelesese. Așteptase, o săptămână întreagă, ca îngerul să i se arate. Era gata să accepte orice rămășag, fiindcă îngerul era Lumină, iar Lumina era aceea care justifica existența omului. Credea în Lumină, în același fel în care – cu paisprezece ani în urmă – se îndoise de întuneric. Spre deosebire de înșelătoarea experiență a tenebrelor, Lumina își stabilea regulile dinainte – pentru ca acela care le accepta să știe că avea de-a face și cu dragostea, și cu îndurarea.

Îndeplinise două condiții, dar fusese cât p-aci să greșească la a treia, cea mai simplă! Dar protecția îngerului nu lipsise și în timpul contactului... Ah, ce bine era că învățase să vorbească cu îngerii! Acum știa că-l va putea vedea, fiindcă a treia condiție era îndeplinită.

— Am rupt un pact. Am acceptat o iertare. Iar azi, am făcut un rămășag. Am credință, cred, spuse el. Cred că Wahalla știe cum să am viziunea îngerului.

Ochii lui Paulo străluceau. În noaptea aceea n-aveau să mai fie hoinăreli nocturne, nici insomnii. Era absolut sigur că o să-și vadă îngerul. Cu o jumătate de oră înainte cerea o minune – dar acum nu mai avea nici o importanță.

Așa că în noaptea aceea avea să fie rândul lui Chris să nu doarmă, să umble pe străzile pustii din Ajo implorându-l pe Dumnezeu să facă o minune, pentru că bărbatul pe care ea-l iubea trebuia să vadă un înger. Inima ei era deschisă, mai deschisă ca niciodată. Poate că ar fi preferat un Paulo șovăitor, un Paulo care avea nevoie de o minune, un Paulo care părea să-și fi pierdut credința. Dacă îngerul apărea – foarte bine; dacă nu, ar fi putut oricând s-o învinovățească pe Wahalla că l-a învățat greșit. Astfel, n-ar fi fost decât una dintre cele mai amare lecții pe care Dumnezeu le-a trimis omului când a închis porțile Paradisului: dezamăgirea.

Dar nu era așa; avea acum în față un om care părea să pună rămășag pe viața lui că îngerii se puteau vedea. Iar singura lui garanție era vorba unei femei care umbla călare prin deșert, vorbind despre noile lumi ce vor veni.

Poate că Wahalla nu văzuse niciodată îngeri. Sau poate că ce era bun pentru ea nu mergea pentru alții – chiar Paulo spusese asta, în piață! Oare el își uitase propriile cuvinte?

Inima lui Chris se strângea și se făcea din ce în ce mai mică în timp ce observa privirea strălucitoare a soțului ei.

Brusc, chipul lui începu să iradieze cu putere.

— Lumină! strigă Paulo. Lumină!

Ea s-a întors. La orizont, aproape de locul unde apăruse prima stea, trei lumini străluceau pe cer.

— Lumină! repetă el. Îngerul!

Chris simți imboldul să îngenuncheze și să mulțumească pentru că rugăciunea ei fusese ascultată și Dumnezeu își trimisese oastea îngerilor.

Ochii lui Paulo s-au umplut de lacrimi. Minunea se petrecuse, făcuse rămășagul corect.

Din partea stângă s-a auzit un tunet, apoi altul, deasupra capetelor lor. Acum erau cinci, șase lumini strălucitoare pe cer; deșertul era scăldat în lumină.

Pentru o clipă, amuți: și ea își vedea îngerul! Tunetele erau din ce în ce mai puternice, treceau prin dreapta, prin stânga, pe deasupra capetelor lor, tunete înnebunitoare, care nu veneau de sus, ci din spate, din lături – și se îndreptau spre locul unde se vedeau luminile.

Walkiriile! Adevăratele Walkirii, fiicele lui Wotan, călărind prin cer și purtându-i pe războinici! Își astupă urechile, înfricoșată.

Văzu că și Paulo făcea la fel – iar ochii lui nu mai aveau strălucirea aceea.

Mingi imense de foc se nășteau în zarea deșertului, în timp ce ei simțeau pământul duduind sub picioarele lor. Tunete în cer și pe pământ.

— Să plecăm de aici, spuse ea.

— Nu-i nici un pericol, răspunse el. Sunt departe, foarte departe. Avioane de război.

Dar avioanele de vânătoare supersonice spărgeau bariera sunetului aproape de ei, într-un vacarm îngrozitor.

S-au îmbrățișat și au stat așa, multă vreme, asistând la spectacolul macabru, cu fascinație și groază. Nu reușeau să vadă fulgerele, dar acum știau ce sunt – pentru că erau mingi de foc la orizont, și luminile acelea verzi – acum erau mai mult de zece – care cădeau încet din cer, luminând tot deșertul pentru ca nimeni, absolut nimeni să nu se poată ascunde.

— E doar un exercițiu de război, încercă el s-o liniștească. Un exercițiu al Forțelor Aeriene. Sunt multe poligoane din astea pe aici.

Dar într-o zi avea să fie adevărat. Iar ea și-a închipuit că în ziua aceea – tot din întâmplare, ca acum – destinul putea s-o trimită într-un oraș luminat de asemenea lumini, iar mingile de foc nu vor fi la orizont, ci deasupra, jos, alături de ea.

— Am văzut pe hartă, repetă Paulo, încercând să vorbească cât mai tare. Dar am preferat să cred că sunt îngeri.

„Sunt uneltele îngerilor", gândi ea. „Îngerii morții."

Strălucirea galbenă a bombelor care cădeau în zare se contopea cu luminile verzi intense ale rachetelor de semnalizare care coborau încet, pentru ca totul să fie vizibil și avioanele să nu greșească atunci când dădeau drumul încărcăturilor lor mortale.

Exercițiul a durat aproape o jumătate de oră. Și avioanele, așa cum au venit, așa au dispărut, iar deșertul a revenit la tăcere. Ultimele lumini verzi au ajuns pe pământ și s-au stins. Acum puteau vedea iar stelele pe cer, iar pământul nu se mai zguduia.

Paulo respiră adânc. Închise ochii și se concentră cât putu de mult: „Am câștigat rămășagul. Nu mă pot îndoi, am câștigat rămășagul". A doua minte îi dădea târcoale neîncetat, îi spunea că nu, că totul era în închipuirea lui, că îngerul nu-și dezvăluise chipul. Dar el își înfipse unghia degetului arătător în degetul gros cu atâta putere, încât durerea a devenit insuportabilă; durerea îi oprește întotdeauna pe oameni să se gândească la prostii.

— Îmi voi vedea îngerul, spuse el din nou în timp ce coborau muntele.

Inima ei se deschise din nou. Dar nu trebuia să se gândească la asta – el și-ar fi putut da seama. Singurul mod de a schimba repede vorba era să asculte ce-i spunea a doua minte și să-l întrebe pe Paulo dacă ea are dreptate.

— Vreau să te întreb ceva, spuse.

— Nu mă întreba despre minune. Ea se va petrece. Să nu ne irosim energia în vorbe goale.

— Nu, nu-i vorba despre asta.

A ezitat mult înainte de a începe. Paulo era soțul ei. El o cunoștea mai bine ca oricine. Îi era frică de răspunsul lui, pentru că răspunsul lui – cum se întâmplă cu vorbele oricărui soț – aveau o greutate mai mare decât vorbele altora.

Dar și-a luat inima în dinți și s-a hotărât să întrebe, fie ce-o fi; n-ar fi suportat să rămână cu toate pe cap.

— Tu crezi că am greșit în alegerea mea? spuse. Că mi-am irosit viața semănând, bucuroasă să văd câmpul înverzind în jurul meu, în loc să simt marea emoție a vânătorii?

El mergea și privea cerul. Încă mai era cu gândul la pariu și la avioane.

— De multe ori, spuse într-un târziu, mă uit la oameni ca J., care sunt liniștiți și prin liniștea asta găsesc legătura cu Dumnezeu. Mă uit la tine – ai reușit să vorbești cu îngerul tău înaintea mea, deși eu am venit aici anume pentru asta. Te văd cum adormi ușor, fără probleme, în timp ce eu mă plimb de la fereastră la ușă și mă întreb de ce nu se petrece minunea pe care o aștept. Și atunci mă întreb: oare am ales drumul greșit?

Se întoarse spre ea.

— Ce crezi? Am ales drumul greșit?

Chris îi strânse mâinile.

— Nu. Ai fi fost nefericit.

— Și tu la fel, dacă ai fi ales drumul meu.

„Ce bine că știm toate astea", gândi.

Înainte să sune deșteptătorul s-a sculat fără zgomot.

Privi afară: încă era întuneric.

Chris dormea lângă el, avea un somn agitat. O clipă s-a gândit s-o trezească, să-i spună unde se duce, să-i ceară să se roage pentru el – dar a renunțat imediat. Putea să-i spună tot când se va întoarce. În plus, nu se ducea într-un loc periculos.

A aprins lumina la baie și și-a umplut bidonul cu apă. Apoi a băut cât a putut de multă apă – nu știa cât timp avea să stea afară.

S-a îmbrăcat, a luat harta, și-a rememorat itinerariul. Apoi s-a pregătit să plece.

Dar nu găsea cheia de la mașină. A căutat în buzunare, în rucsac, în noptieră. S-a gândit să aprindă veioza – dar nu, era prea riscant, lumina de la baie era suficientă. Nu mai putea pierde nici un moment – fiecare minut pierdut aici era un minut mai puțin petrecut în așteptarea îngerului. Și în patru ore soarele deșertului ar fi devenit insuportabil.

„Chris a ascuns cheile", gândi el. Acum ea era altă femeie – vorbea cu îngerul, intuiția ei crescuse considerabil. Poate că-i descoperise planurile și se temea.

„De ce să se teamă?" În noaptea când o văzuse pe marginea prăpastiei cu Wahalla, amândoi făcuseră un jurământ sacru: promiseseră să nu-și mai riște viața niciodată în deșertul acela. De mai multe ori îngerul morții trecuse pe aproape, și nu era înțelept să pună la încercare răbdarea îngerului păzitor. Chris îl cunoștea îndeajuns ca să știe că el nu se va da înapoi niciodată de la o promisiune făcută. De aceea pleca cu puțin înainte de răsăritul soarelui – ca să evite pericolele nopții și ale zilei.

Dar cu toate acestea ei îi era frică și ascunsese cheia.

Se îndreptă spre pat, hotărât s-o trezească. Apoi se opri.

Da, exista un motiv. Nu era grija pentru siguranța lui, pentru riscurile pe care le putea întâlni. Era teamă, dar o teamă specială – teama ca soțul ei să nu fie învins. Ea știa că Paulo va încerca ceva. Mai aveau numai două zile până să părăsească deșertul.

„A fost bine că ai luat măsura asta de prevedere, Chris", își zise el, râzând în sinea lui. „Mi-ar lua vreo doi ani să uit o înfrângere ca asta, și-n timpul ăsta tu ar trebui să mă suporți, să faci nopți albe cu mine, să-mi înduri proasta dispoziție, să suferi din pricina frustrării mele. Ar fi mult mai rău decât ce mi s-a întâmplat zilele astea, pe care le-am pierdut fără să descopăr cum să fac rămășagul."

A scotocit prin lucrurile ei: cheia era în borseta unde-și ținea pașaportul și banii. Atunci și-a adus aminte de promisiunea despre siguranță – toate astea puteau fi o avertizare. Învățase că nimeni nu pleca în deșert fără a lăsa cel puțin un indiciu asupra locului unde se duce. Chiar dacă știa că se va întoarce repede, chiar dacă știa că locul nici nu era așa de departe – dacă se întâmpla ceva cu mașina, putea ajunge și pe jos, pe drum –, s-a hotărât să nu riște. În fond, făcuse un jurământ.

A pus harta deasupra chiuvetei din baie. Și a folosit spray-ul cu spumă de bărbierit ca să facă un cerc în jurul unei așezări: Glorieta Canyon.

A apăsat spray-ul și a scris pe oglindă NU VOI DA GREȘ. Apoi și-a pus tenișii și a plecat.

Când a ajuns la mașină, a descoperit că lăsase cheia în contact.

„Probabil că și-a făcut o dublură", gândi el. „Dar ce-și închipuie? Că o s-o las în mijlocul deșertului?"

Și atunci și-a amintit de purtarea ciudată a lui Took, când își uitase lanterna în mașină. Datorită cheii, marcase acum locul unde se ducea. Îngerul lui îl făcea să ia toate măsurile de prevedere posibile.

Străzile din Borrego Springs erau pustii. „Nu sunt prea diferite de cum arată ziua", își spuse. Își aminti de prima noapte petrecută aici, când se întinseseră pe nisipul deșertului pentru a-și închipui îngerii. În momentul acela nu voia altceva decât să poată vorbi cu unul.

A făcut la stânga, a ieșit din oraș și a pornit spre Glorieta Canyon. Pe partea dreaptă se aflau munții pe care amândoi îi coborâseră cu mașina după ce descoperiseră că deșertul începea brusc, fără nici un semn prealabil. „Pe atunci", gândi el, dar își dădu seama că nu trecuse chiar așa de multă vreme de atunci. Doar 38 de zile.

Dar, la fel ca și sufletul lui Chris, sufletul lui murise de multe ori în deșertul acela. Mersese pe urmele unui secret pe care îl cunoștea acum, văzuse soarele preschimbându-se în ochii morții, întâlnise femei ce păreau îngeri și demoni în același timp. Se întorsese dintr-o beznă ce părea uitată. Descoperise că, deși vorbea atâta despre Iisus, niciodată nu acceptase pe deplin iertarea lui.

Își regăsise și femeia – tocmai când credea că n-o va mai găsi vreodată. Pentru că (dar Chris n-avea să afle asta niciodată) se îndrăgostise de Wahalla.

Atunci a înțeles diferența dintre pasiune și dragoste. Ca și conversația cu îngerul, era ceva foarte simplu.

Wahalla era o parte din fantezia lumii lui, femeia-războinic, vânătoarea, care vorbea cu îngerii și era întotdeauna gata să înfrunte toate primejdiile ca să-și depășească limitele. Pentru ea, Paulo era bărbatul care se afla în posesia inelului Tradiției Lunii, magul care cunoștea mistere oculte, aventurierul în stare să lase tot și să plece în căutarea îngerilor. Unul îl avea mereu pe celălalt – cât timp vedea exact ceea ce-și închipuia.

Asta însemna pasiune: să creezi imaginea cuiva și să nu spui.

Cu toate astea, într-o zi, când conviețuirea ar fi dezvăluit adevărata identitate a celor doi, aveau să descopere că în spatele Magului și al Walkiriei se află un bărbat și o femeie. Cu unele puteri poate, cu câteva cunoștințe prețioase, dar – nu puteau fugi de realitate – erau un bărbat și o femeie. Cu agonia, extazul, forța și slăbiciunea tuturor ființelor omenești.

Și, când unul dintre ei avea să se arate așa cum e cu adevărat, celălalt avea să se îndepărteze – pentru că asta însemna să distrugi lumea pe care ai creat-o.

Descoperise dragostea pe marginea unei prăpăstii, cu două femei înfruntându-se din priviri și luna imensă strălucind în spate. Dragostea însemna să împarți o lume cu celălalt. El o cunoștea bine pe una dintre femei, cu ea împărțise Universul lui. Admiraseră aceiași munți, aceiași copaci, deși fiecare îi privise într-un fel diferit. Ea-i cunoștea slăbiciunile, momentele de ură, de disperare, dar cu toate astea îi era alături.

Împărțeau același Univers. Deși de multe ori avusese senzația că acel Univers nu mai are secrete, el descoperise – în noaptea aceea, în Valea Morții – că senzația aceea era înșelătoare.

A oprit mașina. În fața lui, un defileu intra în munte. Alesese acel loc numai din cauza numelui – până la urmă, îngerii sunt prezenți tot timpul, în toate locurile din lume. Sări din mașină, bău puțin din apa pe care o avea mereu într-o sticlă mare din portbagaj și-și puse bidonul la brâu.

Încă mai rămăsese cu gândul la Wahalla și la Chris când a pătruns în defileu. „Cred că o să mă mai îndrăgostesc de multe ori", vorbi el cu sine. Nu se simțea vinovat pentru asta. Pasiunea era ceva bun, plăcut, care-ți putea îmbogăți mult viața.

Dar era deosebită de dragoste. Iar dragostea merită orice preț, nu merita s-o schimbi cu nimic.

S-a oprit la intrarea în defileu și a privit valea din fața lui. Orizontul începuse să devină roșiatic. Era prima oară când vedea un răsărit în deșert; chiar când dormeau în aer liber se trezea întotdeauna când soarele era sus.

„Ce spectacol grandios am pierdut", își spuse. Vârful munților, în depărtare, a început să strălucească, iar culoarea trandafirie se răspândea peste vale, peste pietre, peste plantele firave care se încăpățânau să trăiască fără apă. Se opri puțin, contemplând peisajul.

Își aduse aminte de cartea pe care tocmai o publicase în Brazilia și în care – la un moment dat – păstorul Santiago se duce pe un munte pentru a privi deșertul. Cu excepția faptului că nu stătea pe vârful unui munte, a fost surprins să constate asemănarea cu ceea ce scrisese cu opt luni înainte. La fel cum înțelesese, abia acum, numele orașului din Statele Unite unde aterizaseră.

Los Angeles. Care în spaniolă înseamnă Îngerii.

Dar nu era momentul să se gândească la semnele drumului.

— Acesta este chipul tău, îngerul meu păzitor – spuse, cu voce tare. Eu te văd. Întotdeauna te-ai aflat în fața mea, dar niciodată nu te-am recunoscut. Îți aud vocea, pe zi ce trece mai limpede. Știu că exiști, pentru că se vorbește despre tine în toate colțurile pământului.

Se poate ca un om, sau poate o întreagă societate, să greșească. Dar toate societățile și toate civilizațiile, peste tot pe această planetă, au vorbit mereu despre îngeri. În zilele noastre îi ascultă copiii, bătrânii și profeții. Dar și așa, tot se va vorbi despre îngeri, secole de-a rândul de acum înainte, pentru că întotdeauna vor exista profeți, copii și bătrâni.

Un fluture albastru zbura de colo-colo. Văzuseră mulți fluturi albi în deșert – însă acela era albastru. Îngerul lui era mulțumit.

— Și am pus un rămășag. În noaptea aceea, pe vârful muntelui, am pus rămășag pe toată credința mea în Dumnezeu, în viață, în munca mea, în J., am pus rămășag pe tot ce am. Am pus rămășag că, atunci când voi deschide ochii, tu mi te vei arăta. Am pus toată viața mea în talerul balanței. Am cerut ca tu să-ți pui chipul în celălalt taler.

Și, când am deschis ochii, am avut în față deșertul. Câteva clipe am crezut că pierdusem. Dar atunci – ah, cu câtă bucurie îmi amintesc! – atunci mi-ai vorbit.

O geană de lumină apăruse în zare. Soarele răsărea.

— Îți amintești ce mi-ai spus? Ai spus: „Privește în jur, și vei vedea chipul meu. Mantia mea te va acoperi cu raze de soare în timpul zilei și cu strălucirea stelelor noaptea". Ți-am auzit atât de clar vocea! Și mi-ai mai spus: „O să ai mereu nevoie de mine!"

Îi sălta inima de bucurie. O să aștepte să răsară soarele, să privească chipul îngerului său în dimineața aceea. Apoi o să-i povestească lui Chris despre rămășag. Și-i va spune că era mai ușor să-ți vezi îngerul decât să vorbești cu el! Era de ajuns să crezi că există îngeri, era de ajuns să ai nevoie de îngeri. Iar ei se arătau, strălucitori ca răsăritul. Și ajutau, își împlineau sarcina de protecție și de călăuză; pentru ca fiecare generație să ducă prezența lui generației următoare – în așa fel încât să nu fie niciodată uitați.

„Scrie ceva", auzi el o voce răsunând în minte.

Ce frumos. Nu încerca să stabilească nici un contact – doar contempla chipul îngerului său.

Și totuși, ceva lăuntric îi cerea să scrie ceva. A încercat să se concentreze asupra orizontului și deșertului, dar n-a mai reușit.

S-a dus până la mașină, a luat o hârtie și un creion. Avusese câteva experiențe de psihografie, dar nu mersese prea departe – J. îi spusese că asta nu era pentru el și că trebuia să meargă în căutarea adevăratului lui har.

S-a așezat pe nisipul deșertului, cu creionul între degete, și a încercat să se relaxeze. Peste puțin, creionul avea să se miște singur, să traseze câteva linii, apoi vor începe să apară cuvintele. Pentru asta trebuia să-și piardă puțin cunoștința, să lase ca ceva – un spirit sau un înger – să-l posede.

S-a dăruit complet, a acceptat să fie un instrument. Dar nu s-a întâmplat nimic. „Scrie ceva", a auzit iar vocea aceea.

S-a speriat. Nu era posedat de un spirit. Stabilise legătura fără să vrea – ca și cum îngerul lui ar fi fost acolo, de vorbă cu el. Nu era psihografie.

Apucă altfel creionul. Cu putere.

Cuvintele au început să apară, clare. Iar el parcă ar fi copiat, fără să aibă timp să gândească la ce scria:

Pentru Sion nu voi tăcea
Și pentru Ierusalim nu voi avea odihnă,
Până ce dreptatea lui nu va ieși ca lumina
Și mântuirea lui nu va arde ca o flacără.

Așa ceva nu se mai întâmplase niciodată. Chiar auzea o voce, lăuntrică, ce-i dicta cuvintele:

Și te voi chema pe tine cu nume nou,
Pe care îl va rosti gura Domnului.
Și vei fi ca o cunună de mărire în mâna Domnului;
Și diademă regală în mâna Dumnezeului tău.
Și nu ți se va mai zice ție „Alungată",
Și țării tale „Pustiită";
Ci tu te vei chema: „Întru tine am binevoit",
Și țara ta – „Cea cu bărbat".

A încercat să discute cu vocea. A întrebat-o cui îi spunea toate astea.

„S-a spus deja", răspunse vocea. „Acum numai se reamintește".

Paulo simți un nod în gât. Era o minune, îi mulțumea lui Dumnezeu.

Curând, tipsia aurită a soarelui a apărut la orizont. El lăsă carnetul și creionul, se ridică și întinse mâinile spre lumină. Se rugă ca toată energia aceea a speranței – speranța pe care fiecare zi o aduce milioanelor de oameni de pe Pământ – să intre prin degetele lui și să se odihnească în inima lui. Se rugă să creadă de-a pururi în lumea cea nouă, în îngeri, în porțile deschise ale Paradisului. Ceru protecție îngerului lui și Sfintei Fecioare – pentru el, pentru toți cei pe care-i iubea și pentru munca lui.

Fluturele a venit și, ca și cum s-ar fi supus unui semn secret trimis de înger, s-a așezat pe mâna lui stângă. El a rămas nemișcat ca o stană, pentru că se găsea în prezența a încă unui miracol; îngerul lui îi răspunsese.

A simțit atunci Universul oprindu-se pentru o clipă: soarele, fluturele, deșertul din fața lui.

Și, în clipa următoare, aerul din jurul lui s-a zgâlțâit. Nu era vânt. Era o smucitură a aerului – ca atunci când o mașină depășește un autobuz în mare viteză.

Un fior de mare groază îi străbătu trupul.

Era cineva prin preajmă.

„Nu întoarce capul", auzi iarăși vocea.

Inima stătea să-i sară din piept, iar el simți cum îl părăsesc puterile. Știa că era frica, o frică groaznică. Stătea tot nemișcat, cu mâinile întinse, cu fluturele pe mână.

„O să leșin de groază", gândi el.

„Să nu leșini", auzi vocea.

Încercă să-și țină firea, dar mâinile îi erau reci și începuse să tremure. Fluturele zbură, iar el își lăsă brațele în jos.

„Îngenunchează", spuse vocea.

El a îngenuncheat. Nu reușea să se concentreze deloc. Nu avea unde să fugă.

„Curăță pe jos."

El făcu tot ce-i cerea vocea din capul lui. Curăță o mică bucată din nisipul de lângă el, în așa fel încât să rămână plană. Inima continua să-i bată nebunește, iar el se simțea mereu mai slăbit și se gândea că putea să aibă un atac de inimă.

„Privește în jos."

O lumină imensă, aproape la fel de puternică precum soarele dimineții, strălucea în partea stângă. El nu voia să privească, voia doar să se termine odată toate astea. Într-o fracțiune de secundă își aminti copilăria, când îi spuneau despre aparițiile Sfintei Fecioare în fața copiilor. Obișnuia să petreacă nopți întregi fără somn, cerându-i lui Dumnezeu să nu i-o trimită niciodată pe Sfântă, pentru că îi va fi frică. Groază.

Era aceeași groază pe care o simțea acum.

„Privește în jos", insistă vocea.

El privi locul pe care tocmai îl limpezise. Atunci brațul auriu, strălucitor ca soarele apăru și începu să scrie ceva.

„Iată numele meu", spuse vocea.

Sfârșeala din pricina spaimei îl măcina. Inima îi bătea din ce în ce mai tare.

„Să crezi", auzi spunându-i vocea. „Porțile sunt deschise o vreme."

Își adună puținele puteri care-i mai rămăseseră.

— Vreau să vorbesc, spuse cu voce tare.

Căldura soarelui parcă îi mai dăduse ceva putere.

Nu auzi nimic, nici un răspuns.

După o oră, când l-a găsit Chris – îl trezise pe patronul hotelului și-i ceruse să o ducă cu mașina până acolo – el încă mai privea numele scris pe nisip.

Amândoi îl priveau pe Paulo cum pregătea cimentul.

— Ce risipă de apă, în plin deșert, râse Took.

Chris îi ceru să nu glumească, soțul ei încă se mai afla sub impactul viziunii.

— Am descoperit de unde era pasajul acela, spuse Took. L-a scris profetul Isaia.

— Dar de ce tocmai pasajul ăsta? întrebă Chris.

— Habar n-am. Dar o să fiu mai atent.

— Vorbește despre o nouă lume, continuă ea.

— Poate de asta, răspunse Took. Poate să fie din cauza asta.

Paulo îi chemă. Mortarul era gata.

Toți trei au spus un Ave Maria. Apoi Paulo s-a suit pe piatră, a turnat cimentul și a fixat icoana Sfintei Fecioare pe care o purta mereu cu el.

— Gata. Am terminat.

— S-ar putea ca paza s-o ia de aici când o să treacă și o s-o vadă, spuse Took. Păzesc deșertul de parcă ar fi un câmp cu flori.

— Poate, răspunse Paulo. Dar locul rămâne însemnat. Va fi, pentru totdeauna, unul dintre locurile mele sacre.

— Nu, răspunse Took. Locurile sacre sunt locuri individuale. Aici a fost dictat un text. Un text care exista deja, care vorbește despre speranță și care a fost uitat.

Paulo nu mai voia să se gândească la asta. Încă îi mai era frică.

— Aici s-a rotit energia sufletului, continuă Took, și va continua să se rotească mereu. E un loc de Forță.

Au strâns vasul de plastic în care Paulo amestecase cimentul, l-au pus în portbagaj și l-au dus pe Took până la bătrâna rulotă.

— Paulo, spuse el la despărțire. Cred că e bine să știi un vechi dicton al Tradiției:

„Când Dumnezeu vrea să-i ia cuiva mințile, îi îndeplinește toate dorințele".

— Poate, răspunse Paulo. Dar a meritat riscul.

Epilog

Într-o seară, la un an și jumătate după apariția îngerului, am văzut în corespondența mea o scrisoare din Los Angeles. Era de la o cititoare braziliancă, Rita de Freitas, care mă felicita pentru *Alchimistul*.

Imediat i-am răspuns și i-am cerut să se ducă până la Glorieta Canyon, aproape de Borrego Springs, să vadă dacă mai exista un monument al Sfintei Fecioare din Aparecida pe care eu o lăsasem acolo.

După ce am pus scrisoarea la poștă, mi-am spus: „Ce prostie. Femeia asta nu m-a văzut niciodată, este doar o cititoare care a vrut să-mi spună câteva cuvinte plăcute și niciodată n-o să facă ce i-am cerut. N-o să conducă șase ore prin deșert numai ca să vadă dacă mai există o icoană acolo".

Cu puțin înainte de Crăciunul din 1989 am primit o scrisoare de la Rita, pe care o reproduc pe scurt. Iată ce scria:

„Au avut loc câteva «coincidențe» fericite. Am avut o săptămână liber de la serviciu cu ocazia Zilei Recunoștinței.

Eu și iubitul meu (Andrea, un muzician italian) ne gândeam să mergem într-un loc cu totul diferit.

Chiar atunci a ajuns scrisoarea dumneavoastră! Iar locul pe care mi-l sugerați era aproape de o rezervație a indienilor. Am hotărât să mergem.

A treia zi ne-am dus să căutăm Glorieta Canyon și l-am găsit. Era chiar de Ziua Recunoștinței. A fost interesant, pentru că am mers foarte încet cu mașina, dar n-am văzut nimic care să semene cu o icoană. Am ajuns până la capătul canionului, ne-am oprit și am început să suim coasta muntelui, până sus de tot. N-am văzut decât niște urme de coioți.

Atunci ne-am spus că nu mai exista nici o icoană.

[…]

Când ne întorceam, am văzut niște flori printre pietre. Am oprit mașina și am coborât, și atunci am văzut niște lumânări mititele care fuseseră aprinse, un fluture auriu și un coș de paie aruncat într-o parte. Am ajuns la concluzia că aici trebuia să fie locul unde se afla sfânta, care însă nu mai era.

Interesant este că eu sunt sigură că nu fusese nimic din toate astea înainte, când ne-am dus. Am făcut o fotografie – pe care v-o trimit – și ne-am continuat drumul.

Când eram aproape să ieșim din canion, am văzut deodată o femeie îmbrăcată toată în alb, cu haine din acelea arăbești – turban, veșmânt lung – care mergea pe drum. Dar era foarte ciudat – cum de apăruse o femeie în mijlocul deșertului?

M-am gândit: poate femeia asta a pus florile și a aprins lumânările? N-am văzut nici o mașină, și m-am mai întrebat o dată: cum de a ajuns aici?

Și am fost atât de surprinsă încât nici n-am putut vorbi cu ea".

Am privit fotografia de la Rita: era exact locul unde o pusesem pe sfântă.

Era Ziua Recunoștinței. Și, sunt sigur, pe acolo umblau îngeri.

Am scris această carte în ianuarie/februarie 1992, puțin după sfârșitul celui de-al Treilea Război Mondial – în care luptele au fost mult mai sofisticate decât cele date cu arme convenționale. După cum spune Tradiția, acest război a început în anii '50, cu blocada Berlinului, și s-a terminat când zidul Berlinului a căzut. A avut învingători, imperiul învins a fost împărțit și a sfârșit exact ca într-un război cu arme convenționale. Singurul lucru care nu s-a întâmplat a fost holocaustul nuclear – iar asta nu se va întâmpla niciodată, pentru că Opera lui Dumnezeu e prea mare pentru a fi distrusă de om.

Acum, conform Tradiției, o să înceapă un nou război. Un război încă și mai sofisticat, de care nimeni nu poate scăpa – pentru că prin luptele lui se va desăvârși creșterea omului. Vom vedea cele două oștiri – într-o parte, cei care încă mai cred în rasa omenească, cred în puterile ascunse ale omului și știu că următorul nostru pas constă în înflorirea însușirilor individuale. De cealaltă parte se vor afla cei care neagă viitorul, care cred că viața se termină în faza materială și – din nefericire – cei care, deși au credință, cred că au descoperit drumul iluminării și vor să-i oblige și pe alții să apuce pe calea aceasta.

De asta s-au întors îngerii și au nevoie să fie auziți, pentru că numai ei ne pot arăta calea – nimeni altcineva. Putem împărtăși experiențele noastre – așa cum am încercat eu cu experiența mea, în această carte –, dar nu există formule pentru această creștere personală. Dumnezeu a așezat cu generozitate înțelepciunea Lui și dragostea Lui la îndemâna noastră și e ușor, foarte ușor să le găsești. Este de ajuns să permiți stabilirea legăturii – un proces atât de simplu, că până și mie mi-a venit greu să-l accept și să-l recunosc. Cum cele mai multe lupte se vor da în plan astral, îngerii noștri păzitori vor fi aceia care vor pune mâna pe spadă sau pe scut și ne vor apăra de primejdii și ne vor călăuzi spre victorie. Dar și responsabilitatea noastră e imensă: în acest moment al Istoriei, trebuie să ne dezvoltăm propriile forțe, să credem că Universul nu se sfârșește între pereții camerei noastre, să acceptăm semnele, să ne urmăm visele și inima.

Suntem responsabili pentru tot ce se întâmplă în această lume. Suntem Războinicii Luminii. Cu forța dragostei noastre, a voinței, ne putem schimba destinul, pe al nostru și pe al altora.

Va veni o zi în care problema foametei va putea fi rezolvată prin minunea înmulțirii pâinilor. Va veni o zi când dragostea va fi primită de toate inimile, iar cea mai groaznică experiență umană – singurătatea, care este mai rea decât foamea – va fi alungată de pe fața pământului. Va veni ziua când cei cărora bat la poartă li se va deschide; cei care cer vor primi; iar cei care plâng se vor mângâia.

Pentru planeta noastră, ziua aceasta este încă foarte departe. Dar pentru fiecare dintre noi ziua aceasta poate fi mâine. E de ajuns să accepți un singur lucru: dragostea – de Dumnezeu și de aproapele tău – și asta ne va arăta drumul. Nu contează defectele noastre, periculoasele noastre abisuri, ura noastră înăbușită, lungile noastre momente de slăbiciune și disperare: dacă vom dori mai întâi să ne corectăm și apoi să pornim în căutarea viselor noastre, nu vom ajunge niciodată în Paradis. Dar, dacă acceptăm tot ce e greșit în noi și cu toate astea înțelegem că merităm o viață veselă și fericită, vom deschide o fereastră imensă lăsând Dragostea să intre. Curând, defectele vor dispărea de la sine, fiindcă cine e fericit reușește să privească lumea numai cu Dragoste – forța care regenerează tot ce există în Univers.

În *Frații Karamazov*, Dostoievski povestește istoria Marelui Inchizitor, pe care o redau acum, cu propriile mele cuvinte:

În timpul persecuțiilor religioase din Sevilla, când toți cei care nu erau de acord cu Biserica erau arestați și arși de vii, Cristos se întoarce pe pământ și se amestecă cu mulțimea. Marele Inchizitor observă prezența lui Iisus, și trimite să fie prins.

Noaptea, se duce să-l viziteze pe Iisus în celulă. Și-l întreabă de ce se hotărâse să se întoarcă tocmai acum. „Ne zăpăcești", îi spune Marele Inchizitor. „În fond, idealurile tale erau foarte frumoase, dar noi suntem cei care au reușit să le pună în practică." Discută în contradictoriu cu Iisus, spunându-i că, deși Inchiziția va fi judecată cu asprime în viitor, ea e necesară și-și îndeplinește sarcina. Nu folosea la nimic să vorbești despre pace, când inima omului trăia în plin război; nici să vorbești despre o lume mai bună, când era atâta ură și sărăcie măcinând inima omului. Nu folosea la nimic să te sacrifici în numele întregii rase omenești, fiindcă omul încă mai suferea pentru sentimentul de vinovăție. „Ai spus că toți oamenii sunt egali, că au lumina divină în ei, dar ai uitat că oamenii sunt șovăitori și au nevoie de cineva, de alți oameni care să-i călăuzească. Nu ne mai zăpăci, du-te", i-a spus Marele Inchizitor după ce a expus în fața lui Iisus o serie de argumente strălucite.

Și, când termină tot ce avea de spus, se lasă o liniște teribilă în celulă. Apoi Iisus se apropie de Marele Inchizitor și-l sărută pe obraz.

„Poate că ai dreptate", spune Iisus. „Dar dragostea mea e mai puternică."

Nu suntem singuri. Lumea se transformă, iar noi suntem o parte din această transformare. Îngerii ne călăuzesc și ne apără. În ciuda tuturor nedreptăților, în ciuda faptului că ni se întâmplă lucruri pe care nu le merităm, în ciuda faptului că ne simțim incapabili să schimbăm ce este greșit la oameni și în lume, în ciuda strălucitelor argumente ale Marelui Inchizitor – Dragostea este mai puternică și ne va ajuta să creștem. Și doar atunci vom fi în stare să înțelegem stelele, îngerii și miracolele.

La prețul de vânzare se adaugă 2%,
reprezentând valoarea timbrului literar.